ひたぶる者

麻布署生活安全課　小栗烈 Ⅳ

【主な登場人物】

小栗　烈《あきら》（39）　麻布署生活安全課保安係　巡査長
近藤　隆《たかし》（54）　麻布署生活安全課保安係　警部補
福西　宙《ひろし》（27）　同　巡査
城之内六三《むつみ》（36）　『六三企画』　代表
花摘《はなつみ》詩織《しおり》（44）　バー『花摘』　経営者
平野祐希《ゆき》（29）　ショーパブ『カモン』　マネージャー
石井　聡《さとし》（42）　『ゴールドウェブ』　元代表取締役
岩屋　雄三《ゆうぞう》（56）　麻布署刑事課捜査一係　巡査部長

足元をすくわれそうになる。川渡りの寒風がプラットホームを掃くように流れた。年が変わり、月も変わった。

週の初め、小栗烈《おぐりあきら》は東京メトロ千代田線の綾瀬《あやせ》駅で電車を降りた。

案内板を見て、西出口の改札を出た。西へむかう。綾瀬川を渡り、左折する。

川沿いに南へ歩く。右手にはマンションが林立していた。ベランダに干された白布が陽光にきらめく。ぬけるような青空がひろがっている。

右に曲がった。だだっぴろい公園のむこうに灰色の建物が見える。手前の棟にはブラインドのような黒い横縞がある。東京拘置所を訪ねるのは十年ぶりか。手錠をかけた容疑者のひとりの、その後が気になった。いまはその人物の顔を思いだせない。

敷地に入った。駐車場に数台の車が停まっていた。幼い娘がキャッキャとはしゃぎながら駆けている。近くで、若い女が建物を見あげていた。

面会者専用の扉を開ける。

左側に差し入れの品を売る売店がある。気持はむかなかった。面会申出書の用紙に必要事項を書き込む。〈面会の目的〉の欄で手が止まった。安否、仕事、子供、家庭、裁判、その他とある。〈安否〉を丸で囲んだ。


アクリル板のむこうのドアが開いた。

石井聡《いしいさとし》の頭は青々としていた。

受刑者ではないのに。胸でつぶやく。

白いポロシャツにカーキ色のズボン。顎髭《あごひげ》が伸びている。

山伏《やまぶし》を思いだした。

子どものころ那智《なち》大社に行って何度か出くわし、そのたび身をすくませた。白装束の男らの無言の行進は見てはいけないもののように感じた。

小栗は和歌山県田辺市に生まれ育った。実家は湯の峰温泉に近い。熊野伝説に登場する小栗判官の病を治したといわれるつぼ湯がある。

石井が椅子に腰をおろした。口はつぐんだままだ。

「体調は」

小栗はやさしく話しかけた。

「問題ない」石井が答える。「迷惑をかけてないか」

小栗は頷《うなず》いた。

あれこれ説明する時間はない。面会は十五分間。伝えたいこと、訊《き》きたいことは頭の中で整理してきた。

石井は殺人未遂、傷害および銃刀法違反の罪で起訴された。先月末、東京地方裁判所で第一回公判が開かれた。検察官の起訴状朗読がおわり、裁判官による黙秘権告知のあとの罪状認否で石井は起訴内容を全面的に認めた。

そのとき、小栗は傍聴席でため息をこぼした。

すこしは要領をかませ。石井の背に声をかけたくなった。

――求刑は六年になりそうだ――

石井の事案を担当した者がそうささやいた。石井に二度の犯歴があること、殺意を認めたことで罪状の割にきびしい求刑になりそうだとも言い添えた。

小栗は通話孔に顔を近づけた。

「塚原《つかはら》が起訴される」

「……………」

石井は口をつぐんだままだ。関係ない。目がそう語っている。

昨年十二月二十一日のことである。石井は、六本木のクラブ『Gスポット』のVIPルームで俳優の塚原安志《やすし》を銃撃した。遺恨による犯行だった。銃弾は左胸部を貫通したが、心臓と大動脈に損傷はなく、全治二か月と診断された。

塚原のセカンドバッグから〇・三グラムの覚醒剤が発見されたことで、麻布署組織犯罪対策課五係が捜査に乗りだした。年明けから臨床尋問が始まり、並行して、裏付け捜査が行なわれた。充分な証拠と証言を得ての起訴と聞いている。

「週刊誌を読んだか」

「興味ない」

石井がそっけなく言った。

「どの雑誌の記事もあんたに好意的だ」

石井の眉が動いた。

「そんなことを話しに来たのか」

「ほかに話すことがない」

小栗は肩をすぼめた。

ここにくるまで、あれこれ考えた。が、石井の顔を見ると、それらが消えてしまった。

石井はなぐさめや同情の言葉を望まない。それはわかっていた。どうやら現況の説明にも関心がなさそうだ。

石井も表情を弛《ゆる》めた。が、一瞬だった。

「罪は罪だ」

小栗は頷いた。そう言うとは思っていた。息をつき、口をひらいた。

「知りたいことはあるか」

「金竜会《きんりゅうかい》はどうなった」

「金子《かねこ》に会ってないのか」

石井は金竜会会長の金子竜司《りゅうじ》と親しい関係にある。

――会長は年内に引退する……何事もなくその日がくるのを願うだけだ――

石井がそう言った。引退のことは金子本人から聞いたという。

が、年が変わっても金子の引退は実現していない。面会に行くと決めたあと、伝《つて》を頼って情報を集めたが、その背景は見えなかった。

「娘さんが差し入れに来てくれた」

石井の目がやさしくなった。

「そうか」

石井と金子の絆《きずな》の深さはわかった。そのことを確かめる言葉は野暮だろう。

小栗は言葉をたした。

「金竜会内でもめているということではなさそうだ。跡目は若頭補佐の郡司《ぐんじ》。病気療養中の若頭もその決定に不満はないと聞いた」

「カネかな」

石井がぼそっと言った。

意味はわかった。金子会長は神戸の神俠会《しんきょうかい》の直参で、神俠会東京支部連合の筆頭幹事を務めている。それを返上するには上納金の何倍ものカネが要るという。

「違うな」つぶやき、石井が首をひねった。「しのぎは下手だが、会長が千万単位のカネで苦労するとは思えん。跡目を継ぐ郡司もカネを積んだはずだ」

「調べてみる」

「頼む」

石井が神妙な顔で言った。

そんなに気になるのか。言いかけて、やめた。

石井はソーシャルメディア企業『ゴールドウェブ』の社長だった。創業者だ。会社や社員の将来を案じているだろう。

麻布署に連行される前に話をした。

──心配ない。取引先の気心の知れた人にお願いした──

──社員らも心配ない──

本音だとしても不安があってあたりまえだ。

それなのに口にはださず、金子を案じる石井の胸の内が気になる。

──女ひとり、護《まも》ってやれなかった。俺は、数え切れんほどのへまをやらかしても生きているのに、人に救われた命なのに、太田《おおた》の命を護れなかった──

石井がそう言ったとき、小栗は胸が痛んだ。自分も石井を護れなかった。

ふいにうかんだことが声になる。

「恩人なのか」

「……」

石井が口を結び、じっと見つめる。

「人に救われた命と……金子に救われたのか」

「おまえには関係ない」

石井がはねつけるように言い、腰をあげようとする。

「待て」声を張った。「殺意を否定しろ。いまからでも遅くない」

とっさにでた。言いたかったことだ。が、石井の矜持《きょうじ》を汚《けが》す。そう思っていた。

石井がゆっくり首をふる。

「俺は、強い殺意を抱いて撃った。法廷でうそはつけん。が、やつが一命をとりとめたと聞いたとき、ほっとした。やっぱり、俺は心が弱い」

「そんなことはない」小栗は語気を強めた。「人間なんだ。社員の仇《かたき》を討つ社長がどこにいる。天国の太田もおまえに手を合わせているだろう」

石井が目元を弛めた。不器用な笑みだった。

「風邪ひくな」

言って、石井が立ちあがる。

どっちが言う台詞《せりふ》だ。

声にならず、小栗はドアが閉まるまで石井の背を見つめていた。


地下鉄を乗り継ぎ、六本木駅で降りた。4b出口から地上に出る。

六本木も風が強い。路面のほこりを舞いあげている。ダウンジャケットを着た若い女が背をまるめて歩き、中年男がコートの襟をつかみながら携帯電話を耳にあてている。六本木通を行き交う人はまばらだ。

小栗はダッフルコートのポケットに両手を入れて歩きだした。ラーメン屋に寄るつもりだったけれど気が変わった。ウールのコートが重い。早く脱ぎたくなった。

麻布署の階段に足をかける。

「小栗さん、おひさしぶりです」

元気な声がし、顔をあげた。

地域課の南島《なじま》が笑顔で立っている。大学卒の一年目だ。紺色のロング丈のコート。官給品だが、意外なほど温い。黒い手袋をはめ、六尺棒を持っていた。

階段をあがり、声をかける。

「制服が様になってきたな」

「脱ぎたいです」

「はあ」

「仕事をください」南島が真顔で言う。「なんでもやります」

「そんなことで内勤が勤まるのか」

南島は警務課勤務を望んでいる。

「しばらく生活安全課もいいかなと……小栗さんの部下になりたいです」

「むりだ。ばかでもカスでも俺を超える」

小栗は巡査長だ。警察法には存在しない階級である。様々な理由で巡査から巡査部長に昇進できない者を救済するためにつくられた。書いた始末書は十枚を超え、訓戒処分も減俸処分も受けた。巡査部長への昇任試験は三回おちた。来年は四十歳になる。定年まで巡査長なら誰にも破られない在任期間になるだろう。

「では、受験資格を得るまで」南島が顔を寄せる。「お願いします」

「あいにく、俺はひまだ。そんなに怠けたけりゃ、事案を拾ってこい」

南島の肩をポンとたたき、正面玄関のドアを引き開けた。

エレベーターで五階にあがる。生活安全課のフロアだ。

コートをロッカーのハンガーに吊《つ》るし、保安係の島にむかう。

六つのスチールデスクがくっついている。奥にひと回りおおきいデスクがある。

相棒の福西宙《ふくにしひろし》はいなかった。先輩二人がなにやら話している。

セカンドバッグをデスクに放り、小栗は椅子を引いた。

「おい、小栗」

名前を呼ばれ、視線をふった。

係長の近藤隆《こんどうたかし》が手招きしている。小栗は顔をしかめた。仕事をくれてやる。そんな顔つきだ。表情や仕種《しぐさ》でわかるようになった。

そばに寄った。

近藤が口をひらく。

「話がある」

「あっちにしますか」

小栗は左手を指さした。生活安全課専用の取調室が二つある。空いていれば密談のさいに利用している。

「そとにでよう」

「寒いですよ」

コートを着るのが面倒だ。身体《からだ》が言っている。

「うるさい」

近藤が邪険に言った。

読めた。近藤は寒がりだ。冬はラクダの肌着を愛用し、使い捨てカイロは手放せないという。それでも部屋を出たいのだ。署内は節電管理が徹底している。

近藤が立ちあがり、ひざ掛けを椅子にのせた。コードが付いていた。


裏口から出た。左手に歩き、芋洗坂をくだる。交差点を左折した。近くにカフェテラスがある。閉じた折戸パネルは寒々として見えた。

中に入る。昼下がりの一刻、空席がめだった。

近藤が天井を見あげる。空調の位置を確認したのだ。

奥の席に座った。

「こんにちは」

紺色のワンピースを着たウェートレスが笑顔で言った。すっかり常連になった。

近藤がココア、小栗はブレンドを注文した。煙草《タバコ》のパッケージとライターをテーブルに置くと、近藤が一本ぬき取った。まだ寒そうだ。

小栗は煙草をふかしてから話しかけた。

「仕事ですか」

「ほかになにがある」近藤が紫煙を吐いた。「おまえをこき使うのが、俺の仕事だ」

「そうですね」

さらりと返した。

ウェートレスがドリンクを運んできた。

近藤がココアに息を吹きかけて飲んだ。カップを置いて口をひらく。

「黒井《くろい》先生は憶《おぼ》えているか」

「都議会議員の」

黒井義春《よしはる》だったか。去年の春、講演に駆りだされた。さくらだ。題目は『東京エンターテイメント構想と警視庁の役割』。通称カジノ法案を意識しての講演だった。黒井は警察庁出身の五十一歳。港区選出で、二期目の警察族議員である。

「黒井事務所から相談があった」

「……………」

小栗は眉をひそめた。悪い予感がする。

「ある男の身辺調査を依頼された」ポケットの用紙をテーブルにひろげ、脇にメモ用紙を添えた。「こいつは憶えているな」

B5用紙は運転免許証の写しだ。前にも見た。メモ用紙は手書きだった。

小栗は視線をおとした。たったの一行。息をのんだ。

——六三《むつみ》企画代表　港区六本木三丁目△〇—〇×　六本木MMビル二〇二——

「その後、接触したか」

近藤の声がして顔をあげた。

「いいえ」

そっけなく返した。うかつなことは言えない。

去年の夏のことだ。ある捜査事案の関係者として、城之内《じょうのうち》六三の個人情報を集めてくれるよう頼んだ。渡されたのが運転免許証のコピーである。

――城之内は二十六歳のときに傷害事件をおこし、懲役一年六か月、執行猶予三年の判決を受けた。六三企画の主な業務にイベントの企画・立案、運営とあるが、業務実態は不透明だ。それよりも胡散臭《うさんくさ》いのは社長の城之内六三の経歴だ。たった一年の間に三回も、会社の設立と倒産をくり返している――

近藤は口頭でそう言った。

そのときの捜査案件に城之内はかかわっておらず、小栗は城之内の存在を忘れかけていた。ところが、三か月前の捜査事案で再会するはめになった。事案とは無関係だったけれど、城之内のおかげで捜査が終結したようなものである。

年末の事案では近藤に城之内のことを報告しなかった。それは記憶にある。が、去年の夏のときはどうだったか。

首が傾いた。

「おい」近藤が顔を近づける。「仲よくなったわけじゃないだろうな」

「ばかなことを」

煙草をふかした。動揺はない。からかい半分のもの言いだった。

近藤が姿勢を戻し、カップを持った。

小栗もコーヒーを飲んだ。苦い。話しかけた。

「身辺調査とはどういうことです」

「先生の姪《めい》が攫《さら》われそうになった。黒井先生の妹の娘だ。信明女子大に通っている」

「ストーカーですか」

近藤が首をふる。迷惑そうな顔になった。

「妹の夫の桜場茂一《さくらばしげかず》は桜場プランニングという会社を経営している。主な業務は建築コンサルタント。その会社に威《おど》しの電話がかかってきたそうだ」

「仕事のトラブルですか」

「俺にはわからん」近藤が投げやりに言う。「署長からおりてきた指示だ」

麻布署署長は警察庁からの出向である。四十八歳。黒井の後輩にあたる。

「そうだとしても、どうして係長に。誘拐に脅迫なら立派すぎる犯罪じゃないですか。刑事課に持って行く事案でしょう」

「俺もそう言ったさ。が、まともな返答はなかった。説明も……想像はつく。依頼主に隠し事があるんだろう。面倒をかけるが、よろしく頼むと頭をさげられた」

「ことわれなかった」

「ああ。俺も黒井先生の手伝いをしている」

「……」

近藤が話を続ける。

小栗はあんぐりとした。初耳だ。

「講演やパーティーのたびにチケットを売り、四年に一度、区内の票を集める」

小栗はうなだれた。

なんとも情けない。公僕のやることか。ふと、思いついた。

「都議会議員選挙はことしですね」

「七月だ。それもあって、トラブルを表ざたにしたくないんだな」

小栗は顔をしかめた。

そんな男のために動きたくはない。それでなくても仕事が嫌いなのだ。ほかをあたってください。言いそうになった。

「こんなことはおまえにしか頼めん」

近藤が真顔で言った。すがりつくようなまなざしだった。

小栗は視線をおとした。灰皿の煙草は消えている。あたらしい煙草をくわえた。

近藤がライターを持った。

「適当でいいんだ」火をかざした。「しばらく城之内を監視してくれ。俺も手伝う。問題がなければ、時機を見て上に報告する」

小栗は返事をためらった。

近藤の指示は受けると決めた。が、幾つか問題がある。

年末の事案で、小栗は城之内と接触した。城之内がやくざ者に襲撃され、重傷を負った翌日に恵比寿の自宅マンションを訪ねた。城之内の彼女の部屋でも遭遇した。

それらの事実を近藤に報告しなかった。城之内に情をかけたわけではない。捜査に協力してもらったからでもない。彼女の言動に心が動いた。

もうひとつ、理由がある。

盃《さかずき》は交わしていないが、城之内は神俠会若頭補佐の五島道夫《ごとうみちお》組長の身内である。五島の指示を受けて東京に棲《す》みつき、同門の金竜会が面倒を見ている。それだけならどうということはないのだが、情報によれば、金竜会は城之内を煙たがっているという。神俠会が差しむけた鉄砲玉とのうわさもある。拘置所暮らしの石井が金子の身を案じるのは城之内の動向を気にしているからだろう。

近藤がそれらの事実を知ればどうなるか。考えるまでもない。自分と黒井の間で悶々《もんもん》とする。あげく、近藤の胃に穴が開く。慢性胃炎だという。

小栗は紫煙にため息をからませた。

「係長は手をださないほうがいいでしょう」

「なぜだ」

「藪《やぶ》を突《つつ》くことになるかもしれない。面倒になればさしさわりがでてくる。黒井の逆鱗《げきりん》にふれるようなことになれば首が飛びますよ」

近藤が首をかしげる。さぐるような目つきになった。

小栗は間を空けなかった。

「俺ならご心配なく。いざとなれば係長が身体を張ってくれる。係長あっての俺です。係長がいなけりゃ俺の首はとっくに飛んで、太平洋のサメの餌食になっている」

うそはすらすらでる。近藤は凧《たこ》だ。あおればあおるほど舞いあがる。

「そうか。俺は都議会選挙の準備もある。よし、おまえにまかせるとしよう。が、俺の力が必要なときは遠慮するな」

「もちろんです」

小栗は思い切り声をはずませた。

近藤が煙草をふかした。顎が天井をむいた。

陽がおちる前に麻布署を出た。また芋洗坂をくだり、麻布十番商店街を歩く。『ヴィーナス』に入った。リラクゼーションの店だ。エステコースもある。

三度目だ。年明け早々、保安係の通常任務で立ち寄った。

――ご苦労様です。お疲れのときはいつでもどうぞ――

女店長の対応がよかった。初回限定のお試しクーポン券を束でよこした。毎回使えますよ。そうまで言われたら通うしかない。厚意をむげにするのは罰あたりだ。

歩きながら電話で予約を入れてある。

「こんばんは」

女が言った。

店長のマキ。名刺をもらったが、姓は忘れた。鼻の穴が上をむいている。が、それも愛《あい》嬌《きょう》。目鼻とくちびるのバランスがいい。歳は三十半ばか。

「スタッフは予約が入っていて、わたしでよろしいですか」

「願ったりだ」

靴を脱ぐ。よろけそうになった。

マキがクスッと笑う。

「お疲れなんですね」

「やっかいな病かもしれん」

言って、小栗は胸をさすった。

マキは背をむけ、通路を歩いていた。

クーポン券と二千円を渡した。

身体が楽になったかはわからないけれど、気分は軽くなった。商店街を右に折れ、公園近くのカフェレストランの扉を開けた。五十年やっているという。昭和の洋食屋だ。数年前までゲーム機がテーブル代わりだった。店内の雰囲気はそのころのままだ。壁一面に色紙がある。とっくに亡くなった人の名前もある。

カキフライ定食とビールの小瓶を注文した。

煙草をくわえたところで、ポケットの携帯電話がふるえた。

――ありがとうございました。また寄ってくださいネ――

マキからだ。行けばメールをくれる。営業とわかっていてもだらしなく頬が弛む。

返事を打つ。送信する前に電話がかかってきた。

小栗は画面の数字を見て首をすくめた。アドレス帳には誰も登録していないが、五、六人の電話番号は暗記している。

電話にはでなかった。メールを送信するのもやめた。

商店街を横切り、六本木鳥居坂をあがる。

すっかり闇が降りている。風が強くなった。突風に押し戻されそうになる。

外苑東通を左折し、信号を渡ってゆるやかな坂をくだる。雑居ビルのエレベーターで五階にあがった。バー『花摘《はなつみ》』の扉を開ける。

「なにしてたの」

いきなり言われた。ママの詩織《しおり》だ。カウンターの中にいる。

詩織の正面に座る男が顔をむけた。「やあ」言って、にっこりとした。麻布署刑事課捜査一係の岩屋《いわや》雄三《ゆうぞう》。五十六歳、巡査部長だ。

「どうも」

小栗は笑顔で返し、ダッフルコートを脱いだ。

アルバイトの明日香《あすか》が受け取り、クローゼットのハンガーにかける。

小栗はいつもの席に腰をおろした。コーナーをはさんで岩屋がいる。

先客は岩屋ひとりだった。

詩織がおしぼりを差しだした。

「どうして電話にでないの」

目が端に寄った。わざとらしい。怒っていないのは確かだ。

「カキフライを食っていた。冷めたら不味《まず》いだろう」しかとして言う。「岩屋さんが来てるのならメールを寄こせばよかったじゃないか」

「まあまあ」岩屋が口をはさむ。「ちょっと寄ってみたくなったのさ」

詩織がラフロイグのオンザロックをつくる。

それを飲んで、岩屋に話しかけた。

「片はついたのですか」

岩屋は六本木のクラブでおきた傷害事案を担当していた。

「ああ。半グレを三匹。あいつら、どうしようもないね。どうせ小便刑で済むと思っている。早く暴対法と暴排条例の対象にすればいいんだ」

岩屋が忌々《いまいま》しそうに言った。

警視庁上層部はそれを検討している。

だが、マル暴担当の組織犯罪対策四課は乗り気でないという。半グレの実態をつかみにくいのだ。連中は数名から十数名のグループで活動しているけれど、グループは人の出入りが激しい。暴力団のように破門や絶縁の処分がないからだ。

岩屋が水割りを飲んでから口をひらく。

「面会に行ったのか」

「きょう、会ってきました」

面会室で話したことは岩屋に教わった。

石井に手錠をかけたのは岩屋である。一一〇番通報を受け、逸早《いちはや》く臨場した。現場に駆けつける途中に電話をくれた。おかげで、警視庁刑事部捜査一課の連中が臨場するまでの数分間、石井と話をすることができた。

「歓迎されなかった」

言いたし、小栗は首をひねる。

「そんな」

詩織が頓狂な声を発した。

岩屋のとなりに座る明日香が眉をひそめた。

明日香は『ゴールドウェブ』の社員である。小栗と石井の縁が詩織につながり、『ゴールドウェブ』の五人の社員が『花摘』でアルバイトをするようになった。傷害事件のあと二人が辞めた。その二人は『ゴールドウェブ』も退社したという。二人も残れば御の字だろう。人それぞれ考える。生きる道も異なる。

「これ以上の迷惑をかけたくないのさ」岩屋が言う。「石井は男だ。いまどきめずらしい。あんな手間のかからない被疑者は初めてだった」

詩織が口をもぐもぐさせた。声にならない。明日香を気遣ったか。

「そろそろ帰る」

言って、岩屋が煙草とライターをジャケットのポケットに入れた。

「あら、もう。ゆっくりしてください」

詩織が引き止める。

「あした、休みをもらった。ポンコツに乗って、釣りに行くんだ」

岩屋が目を細める。目尻に幾つもの皺《しわ》ができた。

「ジャズを聴きながら」

小栗のひと言で、岩屋の瞳が隠れた。小皺はさらに増えた。

扉が開き、男らが入って来た。

「天満さん、前川さん、いらっしゃい」

詩織が声をはずませた。たちまち仕事の顔になる。

女もいる。常勤の奈津子《なつこ》が同伴出勤したのだ。

客の二人がベンチシートにおちつくのを見て、岩屋が腰をあげた。

明日香が岩屋の肩にコートをかける。

「がんばれよ」

明日香に声をかけ、岩屋が店を去った。

小栗は左腕で頬杖《ほおづえ》をついた。グラスをもてあそび、ときどき、煙草をふかした。

うしろの席はにぎやかだ。明日香の声も元気になった。

「あの子、えらいね」詩織が顔を近づける。「社長が復帰するまでがんばるって」

「………」

小栗は詩織を見つめた。

「それまではここでも働かせてくださいって……泣きそうになった」

詩織の瞳がきらめいた。

小栗は目元を弛めた。気持を声にするのは苦手だ。

「わたしも、がんばる」

詩織が姿勢を戻した。

勢いよく扉が開き、小柄な男があらわれた。

小栗の同僚の福西だ。二十七歳の独身。官舎に住んでいる。「寒いですね」コートを着たまま、岩屋がいた椅子に腰をおろした。

「待ち合わせだったの」

詩織が訊いた。

「いいえ。においでわかるんです」

「おまえは犬か」

小栗が言うと、福西はにやりとした。

「オグさんのダッフルコートに小便をかけておきました」

「あら」

詩織が目をまるくした。

「相手にするな。こいつ、口だけなら誰にも負けん」

言って、小栗はグラスを傾けた。

詩織が水割りのグラスを福西の前に置き、離れた。

福西が口をひらく。

「コンビ、復活ですね」

「にゃ」

「係長に言われました。オグさんを手伝えと」

「よけいなことを」

小栗は吐き捨てるように言った。

本音だ。今回はひとりで動きたかった。城之内との仲を福西に知られるのは面倒だ。ふいにひらめいた。疑念が声になる。

「おまえ、係長に何を頼まれた」

「何って」福西が目をしばたたく。「オグさんの手伝いをして、報告書をあげろと」

「くそっ」

近藤の魂胆は読める。

――係長は手をださないほうがいいでしょう――

よけいなことを言ったか。持ちあげすぎたか。

近藤は風にうかれる凧だが、地に足がついているときは知恵がまわる。

小栗はパソコンが苦手で、日報や捜査報告書は福西に代筆させている。それを知っているから、近藤は報告書云々《うんぬん》と言ったのだ。福西は口達者だが、軽くはない。筋目も知っている。スパイになれと言われれば頑としてはねつけるだろう。

「報告書は書くな。あとで面倒になる」

「どういうことですか」

「捜査じゃない。調査だ」

小栗はグラスをあおってから、指示の内容をかいつまんで教えた。

話しているうちに福西の表情が変わった。

「冗談じゃない」福西が怒ったように言う。「ただ働きじゃないですか。その上、あんなおそろしい男の身辺をさぐるなんて」

福西も城之内を知っている。夜の六本木で尾行させたことがある。逃げ腰だった。ナイトクラブで目が合ったときは身がすくんだという。

「いやなら降りろ」

「それとこれは話が別です」

「城之内と衝突するはめになったら、どうする」

「オグさんにまかせます」

あっけらかんと言った。煮ても焼いても食えない男だ。

「やるんだな」福西が頷くのを見て続ける。「あすの朝、六時に車で迎えにこい」

「そんなに早く。城之内がゴルフに行くのですか」

「やつの行動予定なんて知るわけないだろう」

「では、どちらに」

「一々うるさい。署に電話して、車の手配をしろ」

福西が立ちあがる。携帯電話を手に店を出た。

詩織が近寄ってきた。

「仲がいいね」

「うっとうしい」

「そばに人がいるのはしあわせなことよ」

「おまえひとりで充分だ」

つい、口走った。

詩織がのけ反る。やがて、目が糸になった。

福西が戻ってきた。

「確保しました。安心して飲めます」

「なにを考えてる。朝が早いんだぞ」

「ご心配なく。麻布署で寝ます。そっちも手配しました」

胸の内を推察するまでもない。『花摘』に居たいのだ。福西は明日香に気がある。

「よかった」詩織が言う。「わたしもオグちゃんといたい」

「勝手にしろ」

小栗は目をつむった。酒場で眠れるのはここだけだ。

顎が疲れるほど欠伸《あくび》がでる。ひたすら眠い。足元から吹きだす温風のせいもある。

昨夜は午前二時まで飲んだ。めずらしく明日香がつき合うというので、詩織と福西との四人でナイトクラブに行った。詩織の奢《おご》りだ。

運転席の福西は豚マンを頬張っている。三個目だ。顔は晴れやか。昨夜の余韻が残っている。明日香におだてられ、何曲も歌っていた。

小栗は助手席のシートを立てた。

目黒区東が丘の、閑静な住宅街の路地角に車を停めている。小栗のアパートから十五分とかからなかった。詩織の自宅も近くにある。

中年男がかたわらを過ぎる。コートにマフラー。それでも身を縮めている。

フロントパネルのデジタルを見た。まもなく午前七時半になる。

缶コーヒーを飲み、煙草を喫《す》いつける。不味い。舌が不快だ。

「そろそろですね」福西が言う。「車でなければ、信明女子大まで一時間はかかる」

「まじめな子という条件も付く」

福西が顔をむけた。ぽかんとしている。

「家にいるのかもわからん」

そっけなく言い、煙草をふかした。

福西がため息をつき、思い直したように口をひらく。

「顔はわかっているのでしょうね」

小栗はポケットの写真を見せた。

福西が目を見開いた。

「美人ですね。父親とはまるで似てない」

「知っているのか、桜場を」

「ええ。黒井議員の後援会で顔を合わせました」

「警備の応援か」

「雑用係です」不機嫌そうに言う。「秘書や桜場にこき使われて」

「日当は」

「なしです。警備の係長に訊いたら、公務だと怒鳴られました」

小栗は鼻で笑った。訊くほうもどうかしている。

「桜場はどんなやつだ」

「顔はゴリラ、声はトド。手伝いの誰彼に威張り散らしていました。来賓にゴマを擂《す》り、来客には笑顔をふりまいて……人間業とは思えません」

福西が悪態をつくのはめずらしい。よほど腹に据えかねたか、食事にもありつけなかったか。保安係の警察官はもてなされるのに慣れている。

桜場は五十三歳。義兄の黒井より二つ上だ。都内の私立大学を卒業し、設計会社に入社した。主に営業担当だった。七年前に『桜場プランニング』を設立した。黒井が都議会議員選挙で初当選した翌年のことである。近藤がくれた資料によれば、正社員五名、契約社員二名の小企業だが、業績は安定しているという。

会社は港区芝三丁目にあり、同住所には『黒井義春事務所』もある。

「門が開きました」

福西が声を発した。

小栗は前方を見た。

黒井邸は三十メートル前方の左側にある。二百平米ほどの敷地に木造二階建ての家。門から見るかぎり、庭の手入れは行き届いていた。

ベージュのコートを着た女が出てきた。

小栗は手のひらを額に添えた。逆光で見づらい。

「娘の瑠衣《るい》ですね」福西が言う。「写真よりもっときれい」

女が近づいてくる。

ジーンズに黒のローヒールパンプス。デイパックを背負っているようだ。

「訊問《じんもん》しないのですか」

福西が訊いた。

「家に近すぎる」ドアノブに手をかける。「おまえはUターンしろ」

小栗は路上に立ち、瑠衣のあとを歩いた。

住宅街をぬけ、自由通を右折した先に東急田園都市線駒沢大学駅がある。

車がついてくるのを視認してから足を速めた。瑠衣に肩をならべる。

「失礼」声をかけた。手帳をかざす。「麻布署の者です」

瑠衣が立ち止まった。細い眉が八の字を描く。

「これから学校ですか」

「ええ」

「歩きながら話しましょう」

小栗は歩きだした。瑠衣に逃げる気配はない。

「あのう」瑠衣が言う。「ご用件は」

「攫われそうになったそうですね。親族の方に聞きました」

「父が……それとも……」

「黒井事務所です」

黒井議員とは言わない。近藤係長からは『黒井義春事務所』の者と聞いた。

「大騒ぎすることじゃないのに」

瑠衣がつぶやくように言った。迷惑そうな顔になる。

「身内としては心配なんでしょう。そのときの状況を話してください」

「学校の正門を出たところで車が近づいてきて、男の人に絡まれました」

「どんなふうに」

「二人の男が車から降りて、立ちふさがるようにして声をかけられました。名前を呼ばれて……見たこともない人たちだったので無視したのですが、歩きだすと両脇にくっつくようにして、話がある、車に乗れと言われました。ひとりに腕を取られかけたとき、近くにいた同級生が大声をあげたおかげで、男たちは車に戻りました」

喋《しゃべ》っているうちに瑠衣の顔が赤みをおびた。

「話がある、車に乗れ。連中が言ったのはそれだけですか」

「はい」

「名前を呼ばれたと言ったね」

「桜場瑠衣さんかと。にやついて、なれなれしかった」

瑠衣が眉をひそめた。

「そのことを家で話した」

「ええ。その日の夜、両親に」

「反応は」

「二人ともとても心配していました。父からは、もしおなじようなことがあればその場で連絡するよう言われました」

「警察に行こうとは言わなかった」

「母はそうしたほうがいいと言ったのですが、父は勧めませんでした。わたしも騒ぎにしたくなかった」

「が、こうして自分がでむいている」

「そうですね」

瑠衣が語尾を沈めた。

桜場は黒井の事務所を通して警察に依頼したことを瑠衣に話さなかったのだ。

自由通に出た。右に曲がる。五分もあれば駅に着く。

小栗は先を急いだ。

「どんな連中ですか。年齢、体形、顔の特徴、身なり……なんでもかまいません」

「三十歳前後だと思います。気が動転して、顔も服装もよく憶えてないんです」

「喋り方は。訛《なまり》があったとか」

瑠衣が首をかしげた。

「ごめんなさい。はっきりしたことが言えなくて」

「いいさ。そんな状況になれば誰でも動転する」

やさしく言った。

城之内ではなさそうだ。きつい関西弁は耳に残る。それだけでも早起きした甲斐《かい》はあった。小栗は質問を続けた。

「車に乗っていたのはその二人かな」

「運転席に人がいたと思います」

「どんな車だった」

「白っぽい、普通の車でした」

「ナンバーは」

「見ていません」瑠衣が足を止めた。信号待ちだ。「事件にするのですか」

「どうだろう。麻布署に被害届はでていない」

「でも、刑事さんはこうして動いている」

言って、瑠衣が空を見あげた。うかない顔になった。

横断歩道を渡ったところで瑠衣と別れ、路肩に停まる車に乗った。

「着きましたよ」

福西の声がして、小栗は目を開けた。

眠っていたのではない。福西にあれこれ訊かれるのがいやでシートを倒していた。

福西が前方を指さした。

「タイル張りのマンションがグラン東麻布です」

その一階に『桜場プランニング』と『黒井義春事務所』があるという。

小栗はシートを立て、シートベルトをはずした。

「駐車場をさがせ」

「となりのほうだ」

「桜場プランニングを訪ねるのですか」

「えっ」福西が頓狂な声をあげた。「議員の事務所に」

「事情を聞く」

「どうして。脅迫の電話は桜場プランニングにかかってきたのでしょう」

「麻布署を動かしたのは黒井事務所だ」

「アポは、先方の了解は取ったのですか」

「そんなことをすればことわられる」

「それがわかっていて……やめましょう。つまみだされるのがおちです。議員先生を怒らせたら首が飛ぶかもしれません」

「いまさら遅い」ぞんざいに返した。「桜場の娘から父親へ。父親は黒井事務所へ。きょうあすにでも麻布署に苦情が届く」

「そんな」

福西が眉尻をさげた。

小栗はドアノブに手をかけた。

「ここで待ってる。車を停めてこい」

「マンションの前に駐車スペースがあるみたいです」

「早く言え」

福西がシフトレバーを握り、空きスペースに車を停めた。

中央にエントランスがある。かなり古そうな建物だ。

一階の左側に『桜場プランニング』、右側が『黒井義春事務所』。〈都民歓迎　都政相談　黒井義春事務所〉の看板がかかっている。仰々しい墨文字だ。

「行くぞ」

返事がない。ふりむくと、福西は車にくっついていた。

「悪あがきはよせ。そこにいてもおなじことだ」

福西が泣きだしそうな顔で車から離れる。

小栗はドアを引き開けた。

三十平米ほどか。思ったよりもひろい。フロアはパーテーションで仕切られている。手前にスチールデスクが二つ。私服の女らが座っていた。

茶色のセーターを着た女が立ちあがる。三十代半ばか。

「おはようございます」あかるく言う。「どちらさまでしょう」

小栗は警察手帳を見せた。

「麻布署の小栗と申します。ご依頼の件で、お話を伺いに参りました」

「うちの者とお約束ですか」

女が怪訝《けげん》そうに言った。そういう話は聞いていないのだ。

パーテーションのむこうで、カタッと音がした。

男の上半身があらわれた。丸顔。眉が太く、前頭部は禿《は》げあがっている。茶色の格子柄のジャケットに黒っぽいパンツ。ネクタイは締めていない。

「いきなり来て、何の用だ」

横柄《おうへい》なもの言いだった。

小栗は胸でほくそえんだ。男が事情を知っている証《あかし》だ。近づき、声をかける。

「聞いておきたいことがあって参りました」

「いいだろう」男が左手のドアを開けた。「こっちで話そう」

ドアに〈執務室〉のプレートがある。

中に入った。

手前に黒革の応接ソファ、奥にローズウッドのデスク。ソファの脇の壁には二枚の額入り色紙。国会議員の筆だ。睥睨《へいげい》するように飾ってある。

「お茶は要らない」男が女事務員に声をかける。「十分で済む」

勧められ、小栗はソファに腰をおろした。

福西がとなりに浅く腰をかけた。

「君ね、こまるよ」男が声を強めた。「ここは後援会の方々や支援してくださる都民の皆さまがこられる。刑事がうろちょろすれば先生に迷惑がおよぶ」

「申し訳ない」低頭した。「すぐに退散します。で、お名前は」

男が顎を引き、思い直したように名刺ケースを手にした。

もらった名刺には〈都議会議員　黒井義春事務所　事務長　高橋雄平《たかはしゆうへい》〉とある。

それをシャツのポケットに収め、口をひらいた。

「さっそく質問に入らせていただきます」

舌を嚙《か》みそうになった。丁寧語で話せば身体も硬くなる。

「おとなりの会社に脅迫の電話がかかってきたそうですね」

「明確に威されたというわけではなさそうだ」

「でも、不安になってここに相談された」

「身に憶えのない、善良な市民なら誰でも不安になる。陳情、苦情、日々の暮らしの不安……親身になってお話を聞くのは議員の責務だよ。とくに、うちの先生は、皆さまのことを第一義に考えておられる」

「都民として心強いかぎりです」

口が勝手に動いた。おだてるのは特技だ。

高橋が何度も頷く。

小栗は話を続けた。

「桜場プランニングの社長は黒井先生の義弟《おとうと》さんだとか」

「妹の亭主で、後援会の世話役でもある」

「脅迫電話の内容を教えていただけませんか」

「捜査をしてくれと頼んだ覚えはない」

高橋の声音はころころ変わる。目に角が立った。

威圧したつもりだろうが、迫力に欠ける。

「おとなりで話を伺ってもよろしいでしょうか」

「だめだ」高橋が唾を飛ばした。「君はわからん男だな。麻布署にお願いしたのは捜査ではなく、調査だ。事件がおきてからでは遅いからね」

小栗はめだたぬように肩をすぼめた。日本語がおかしい。あんたは麻布署の幹部に頭をさげたのか。そのひと言は胸に留《とど》めた。

「あなたが麻布署に相談されたのですか」

「そんなことはどうでもいいだろう。君は上司の指示どおりに動けばいいのだ」高橋が腕の時計を見る。「引き取ってもらおう」

「もうひとつだけ」

目でもすがった。芝居も上手《うま》くなってきた。

「なんだ」

「ご依頼の、城之内六三とは面識がおありですか」

「ない」

「城之内が脅迫電話をかけてきたのでしょうか」

「相手は名乗らなかったそうだ」

「それならどうして城之内を」

「くどいね、君は」高橋が声高にさえぎる。「こちらが得た情報だよ。が、善意の情報提供者に迷惑はかけられない。いいか、もう質問は受けつけん」

高橋がすくと立ちあがった。

小栗は首をまわした。肩が凝った。壁を見て、動きが止まった。

色紙に〈誠実〉、もうひとつは〈謙虚　美徳〉とある。

笑いが吹きでそうになった。腸がねじれる前に腰をあげた。


「あんなに怒らせて」

不満そうに言い、福西がエンジンキーを挿した。

「いまごろ黒井の秘書に連絡しているだろうな」

何食わぬ顔で言い、小栗は煙草をくわえた。

「係長に怒鳴られますよ」

「他人事《ひとごと》みたいに言うな。おまえも同罪だ」

「無実です」福西が声を張る。「ぼくはやめましょうと言いました」

「あ、そう」煙草をふかした。「つぎは六本木だ」

「署に戻るのですね」

「城之内に会う」

「ええっ」福西が反り返る。「身辺調査を依頼されただけでしょう」

「むきになるな。会って、さぐりを入れる」

「そんな必要があるのですか」

「ある」きっぱりと言った。「高橋のもの言いが気に入らん。第一、桜場瑠衣を案じる言葉がなかった。桜場事務所への脅迫電話も、威されたわけではないと言葉をにごした。それなのに、城之内の話には感情を剝《む》きだしにした」

「むこうには誘拐未遂も脅迫も城之内の仕業だと信じる根拠があるのでしょう」

「違うな」

あっさり返した。

城之内の気性はわかっているつもりだ。誘拐未遂も脅迫電話もしっくりこない。城之内と『桜場プランニング』の間に面倒がおきているのは確かだ。おそらく、その面倒事に黒井議員もしくは黒井事務所も絡んでいると推察した。

──麻布署にお願いしたのは捜査ではなく、調査だ──

高橋は語気を強くして言った。『桜場プランニング』への事情聴取を拒否した。面倒事の内容を知られたくないのだ。それなのに城之内を名指しにした。

その背景が気になる。城之内ならそれを話してくれそうな気もする。

紫煙を吐き、福西に声をかける。

「早く出せ」

福西がハンドルを切った。

「その前になにか食べませんか」

「さっき豚マンを三個も食ったじゃないか」

「神経がすり減るとお腹《なか》が空くんです」

「うるさいやつだな。近場で済ませろ」

「麻布十番の洋食屋はどうですか」

「きのう行った」

「ぼくは行ってません。あそこのハンバーグを食べたいです」

「エビフライ付きか」

「それ、いいですね」

福西の顔がまるくなった。


六本木の鳥居坂をのぼりきったところで車を降りた。

食事中も、福西は駄々をこねた。城之内に近づきたくないのだ。が、愚痴を聞くのがわずらわしくなって折れたのではない。ひとりで行くほうがむしろ好都合である。同行を求めたのは福西が拒むのを予期してのことだった。ひとりで行くといえば、福西はいぶかしがる。臆病者のくせに好奇心と想像力は人一倍ある。

外苑東通を渡り、路地に入る。

古びた雑居ビルの外階段で二階にあがった。

手前のドアの前に立った。プラスチックのプレートに〈六三企画〉とある。チャイムを鳴らす。応答がない。時計を見た。昼飯か、出社していないのか。一度だけ室内に入ったが、人を雇っているふうではなかった。

階段を降り、エントランスのメールボックスを覗《のぞ》いた。

「なにしてんねん」

背に声がした。

ふりむくまでもない。きつい関西訛だ。

「快気祝いなら夜に出直せ」

城之内は笑顔だった。顔色もいい。すっかり傷は癒えたようだ。

年末に会って以来だ。そのときは渋谷区恵比寿の自宅を訪ねた。三人組に襲われた翌日のことで、城之内は左腕を三角巾に吊るしていた。二の腕に脂肪が見えるほどの深手を負ったという。顔肌は青白く、けだるそうに見えた。

「おまえと酒は飲まん。俺は善良な警察官だ」

「けっ。なにしに来た」

「訊きたいことがある」顎をしゃくった。「あがって話そう」

「善良な人間は入れん。喫茶店に行こか」

言って、城之内がきびすを返した。

白の立て襟シャツにジーンズ。濃茶色の革ジャン、白いスニーカーを履いている。指先にストラップをひっかけたセカンドバッグがゆれた。

六本木交差点近くの喫茶店に入った。喫煙フロアの窓際の席に座る。城之内はウインナーコーヒー、小栗はブレンドを注文した。

「ややこしい話か」

こともなげに言い、城之内が煙草を喫いつける。

「まだもめているのか」

小栗は訊いた。城之内を相手にまわりくどい話はしない。

城之内を襲ったのは六本木を島に持つ東仁会《とうじんかい》の幹部、島田《しまだ》の乾分《こぶん》らである。連中が襲撃直後に島田に会ったのも判明している。逃走に使った車の所有者も特定した。それらの情報はすべて城之内に教えた。

――しばらく動くな。俺の邪魔になる――

――なんで。東仁会の島田を的にかけてるんか――

――島田の関係者だ。場合によっては島田から事情を聞くこともある――

――いつまで――

――一週間もあれば片がつく――

――ええやろ。あんたには世話になった――

そんなやりとりだった。

——俺のしのぎに絡んできたのかもな——

会う前の電話で、城之内はそう言った。

「雑魚は相手にせん」城之内が薄く笑う。「警察をわずらわせることはない」

「手打ちをしたのか」

「あほくさ。手が腐るわ」

「大事の前の小事というわけか」

「おい」城之内が目でも凄《すご》む。「小事とはなんや。俺の身体が悲鳴をあげたんやぞ。けじめは取る。けど、やつらを痛めつけたところでゼニにはならん」

「しのぎのネタは」

「ん」

城之内が眉根を寄せた。額の生え際の裂傷痕がおおきくなったように見える。

小栗は煙草をふかした。ためらいを捨て、口をひらく。

「おまえの身辺調査を頼まれた」

「誰に」

「知らん」

とぼけた。黒井の名前をだせば上司の近藤に迷惑がおよぶおそれがある。

「容疑はなんや」

「捜査じゃない。調査だ。が、警察官として動いている」

話せるのはそこまでだ。

城之内が椅子にもたれた。窓のほうを見て煙草をふかす。思案顔だ。

ウェートレスがドリンクを運んできた。

小栗はコーヒーを飲んでから話しかけた。

「心あたりはあるか」

「聞いて、どうする」

城之内が視線を戻し、スプーンを持った。ゆっくりかきまわす。

「わからん。が」胸に手をあてた。「このへんがもやもやする」

城之内が頬を弛めた。カップを口に運ぶ。くちびるに泡がついた。

「世話になった礼に話してもええけど、やめとく。あんたのためや。俺に、あんたの面倒を見る甲斐性《かいしょう》はない」

城之内がにやりとした。誰が警察を動かしたかわかっているのだ。

「それはそうと」城之内が続ける。「金竜会の組内のことはわからんか」

「あいかわらず蚊帳のそとに置かれているのか」

「ああ。郡司のおっさん、俺のしのぎにはちょっかいをだすくせに、組内のことには口をつぐむ。神戸に伝わるのがこわいんや」

なんとなくわかる。郡司は弱点をさらしたくないのだ。

金竜会の当代に就き、神戸の神俠会の直参になる。郡司の野望は想像するまでもない。城之内の面倒を見ているのも神俠会若頭補佐である五島の顔を立ててのことだろう。

小栗は煙草を灰皿につぶし、口をひらいた。

「組織というのはうっとうしい」

「同感や。極道には死んでもならん」

小栗は目をしばたたいた。

おまえが言うな。声になりかけた。

城之内がウインナーコーヒーを飲む。空にして、煙草をポケットに収めた。

「酒はええ。飯につき合え。あいつが、どうしても礼を言いたいそうや」

ぶっきらぼうなもの言いだった。

城之内は平野《ひらの》祐希《ゆき》という女とつき合っている。

祐希からの電話で、城之内が重傷を負ったことを知った。城之内が治療を受けているあいだ、小栗は六本木のバーで祐希と会い、話を聞いた。

それがなければ、城之内に警察情報は流さなかった。捜査上の取引は結果論である。祐希のもの言いと仕種に心が動いた。そういうことも稀《まれ》にあると知った。

「銀座か赤坂なら差しさわりがないやろ」

「まかせる。都合のいいときに連絡をくれ」

「あいつに電話させる」

言って、城之内が立ちあがる。

小栗はその場に残った。

胸のもやもやは薄れた。が、代わりに、重いものをかかえたような気がする。


麻布署に帰り、エレベーターで五階にあがった。

生活安全課のフロアは静かだった。年末のあわただしさがうそのようだ。保安係の島には三人がいた。皆が無言で作業をしている。

手前のデスクの福西と目が合った。福西が両手の人差し指を頭にあてた。

小栗は視線をふった。近藤係長の頭だけが見える。自分のデスクに座って連絡事項とメール着信の有無を確認したあと、近藤に近づいた。

顔をあげるや、近藤が顎をしゃくる。取調室で話すのだ。

小栗は自動販売機でお茶のペットボトルを買い、灰皿も手にして取調室に入った。

近藤は奥の椅子に腰かけていた。不機嫌そうには見えない。

「もう苦情が来たのですか」

言って手前の椅子に座り、ポケットの煙草とライターをテーブルにのせた。

近藤が煙草をぬき取る。部署のほかの者は喫煙する近藤を見たことがないという。自分はよほど神経にさわる存在なのか。隙を見せられる相手なのか。

「確信犯か」

近藤が言った。おだやかなもの言いだ。

「そうならないことを願っていました」

「白々しい」

吐き捨てるように言い、近藤がペットボトルのキャップをはずした。

小栗は煙草を喫いつけてから話しかけた。

「苦情の中身は」

「わかっていることを聞くな。黒井先生の事務所に押しかけたんだろう。アポもなかったと、カンカンに怒っていたそうだ」

「アポなしでよかった」

「はあ」近藤が顎を突きだした。「なぜだ」

「アポは取れない。ことわられて押しかければカンカンどころでは済まなかった」

「なるほど。で、誰と話した」

小栗はシャツのポケットに指を入れた。

「この男です」

「海坊主か」

名刺を見て、近藤が言った。

にこりとし、口をひらいた。

「知ってるのですか」

「顎先でこき使われた」

こんどは笑いが吹きでた。

「なにがおかしい」

「福西は桜場に……やつらにとっては十把《じっぱ》一絡《ひとから》げなんですね」

「胸くそ悪い」

顔をゆがめて煙草を喫う。近藤の鼻から煙がでた。

近藤の愚痴を聞くのはたのしい。あおりたくなった。

「態度のでかい男でした」

「議員事務所の事務長は皆、あんなもんだ。おまえ、やつらの仕事を知っているか」

「まったくの無知です」

「後援会の会員と協賛してくれる企業・組織を増やし、選挙地盤を盤石にすることだ。選挙活動には勤勉だが、政治活動には無頓着。陳情、苦情、相談なども事務長の裁量で対応する。こっちはカネになるからだ。事務長の手に負えない案件は私設秘書にまわす。秘書も同様で、カネになる事案は積極的に動く。行政にかかわるやっかいな事案だけを議員に具申し、根回しをしてもらう」

近藤が立て板に水のように喋った。

「カネって、依頼者からの謝礼ですか」

近藤が頷く。

「もちろん、裏ガネさ。幼い子を保育所に入れたいとか、希望の企業に入社させたいとか……親の願望は尽きることがない。で、カネでコネを買う」

「そのカネはどこへ」

「てめえの懐に決まっている」怒ったように言う。「稼げるうちに荒稼ぎする。議員は落選すればただの人。私設秘書も事務長も干上がる。政治家は三日やればやめられないというが、秘書や事務長はもっとそれを実感しているだろう。で、選挙地盤を盤石にするためなら死に物狂いで汗をかく。泥水も飲む」

小栗は椅子にもたれた。

もう聞きたくない。愚痴ではなく、近藤は憤懣《ふんまん》を吐きだしている。

「勉強になりました」

そつなく言って煙草をふかし、高橋とのやりとりを詳細に話した。

黙って聞いていた近藤が口をひらく。

「桜場プランニングへの事情聴取も拒否したのか」

「調査であることを強調して……隠し事が多すぎる」

「城之内との因縁を知られたくないんだな」

小栗は頷いた。

「で、もののついでに城之内とも会ってきました」

「なにっ」

声が裏返った。

「じつは、知らぬ仲ではないのです」

小栗は真顔をつくった。

隠しとおすのも限界がある。うそと隠し事をかさねればやがて辻褄《つじつま》が合わなくなる。

近藤が口をひらく。

「マンション麻雀《マージャン》の事案で接触したのか。そんな報告は聞いてないぞ」

去年九月の事案だ。家宅捜索令状を手に急襲した賭場にはロック歌手もいた。マスコミが騒ぎ立てたおかげで、署長賞付きの高い点数を稼げた。

「あのとき、城之内の事務所を訪ねました。それから会うことはなかったのですが、ひょんなことで再会しました」

「おまえ」近藤が顔を寄せた。「隠し事が多くないか」

「係長の身体をおもんぱかってのことです。慢性胃炎ですからね」なんでも言える。普段使わない言葉も勝手にでてくる。煙草をふかし、話を続ける。「去年の暮れの、西麻布でおきた傷害事件を憶えていますか」

「あたりまえだ。俺の脳みそはおまえの百倍ある」

「そうですか」

投げやりに返した。だから考えすぎて胃に穴が開く。軽口を叩《たた》くのは控えた。

近藤が姿勢を戻した。

「城之内はどんな野郎だ」

「極道です。構成員ではないけれど、神戸の五島組組長を親分と言っている」

「神侠会の若頭補佐か。大物だな」

「情報によれば、五島の指示で六本木に棲みついているとか。金竜会の郡司が城之内の面倒を見ているそうです」

「そうか。金竜会の会長も神侠会の直参だな」

「ええ。金竜会の跡目を継ぐ郡司もむげにはできんでしょう」

「やくざも媚《こび》を売らねば出世にさわるか」

「加えて、上納金。身につまされますか」

「ばかを言え」近藤が目くじらを立てた。「俺は媚を売ったことなどない。ゴマも擂らん。

所管下の業者からの資金集めは生活安全課の任務だ」

鼻で笑いそうになった。ものは言いようだ。

資金とは裏ガネのことである。どこの所轄署も隠し口座を持っている。裏ガネの大半は生活安全部署が集めている。

「はいはい。係長の奮闘努力のおかげで、俺の首もつながっている」

「わかってりゃいい。話を戻せ。あの傷害事件がどうした」

小栗は煙草で間を空け、頭を整理した。すべてを話すつもりはない。

「襲われたのが城之内です。二の腕を斬られました」

「……………」

近藤が眉をひそめた。

小栗は話を続ける。

「しのぎでもめたようです」

「それがいまも続いているのか」

「だと思います。で、城之内に会ったのですが、その話は聞けませんでした」

「そりゃ言わんだろう」

「報告は以上です」

「はあ」

近藤がぽかんとした。

「きょうは収穫なしです。こんなむだなことをいつまで続けるのですか」

「むだにはせん」

近藤がきっぱりと言った。

「どういう意味です」

「かわいい部下をただ働きさせるのは間尺に合わん」小鼻がふくらむ。「議員先生にたっぷりと恩を着せてやる」

冗談とは思えないもの言いだった。

「どうやって」

「桜場と城之内の因果関係を徹底的に調べろ。私利私欲のために勤勉な警察官を利用すればどういうはめになるか。思い知らせてやれ」

小栗は肩をすぼめた。疲れることはしたくない。

「どうした」近藤が前かがみになる。「自信がないのか」

「気が乗らない」

「ばかもん。おまえには矜持というものがないのか」

「ないです」

「どうしようもないな」近藤がおおげさに息をつく。「まあ、いい。とにかく、調べろ。

らちがあかなければ、城之内を別件で引っ張れ。神戸のやくざなら罪状はなんとでもなるだろう。マスコミも人権擁護派の弁護士も動かん」

小栗はそっぽをむき、煙草をふかした。あきれてものが言えない。

紫煙を飛ばし、はっとした。そうか。そういうことか。

推測がひろがる前に声がした。

「なにを考えている」

「きょうの晩飯」

「ふざけるな」

「言い忘れるところでした」

言って、近藤を見つめた。近藤の邪念に冷水をかけたくなった。

近藤が顎を引く。

「なんだ。まだ隠し事があるのか」

「けさ、桜場の娘からも事情を聞きました」

「なんだと」語尾がはね、近藤が目をむいた。「どこで」

「夜明け前から自宅に張りつき、家を出たところで声をかけました」

「なんてことを」

「たったいま、徹底的に調べろと言ったじゃないですか」

「極秘にやるんだ。そんなこともわからんのか」

「まわりくどいのは苦手でして。知ってるでしょう」

「ああ言えばこう言う。で、どうだった。誘拐の真相は」

「ただの威しですね」

小栗は瑠衣とのやりとりを話した。

「名前を呼んだ」近藤の眼光が増した。「それだけでもパクれるな。脅迫罪だ」

「いいのですか」

「かまわん。黒井先生の機嫌さえ損なわなければ」

「迷惑がるかもしれませんよ。なにしろ、むこうの依頼は調査ですから」

小栗は牽制《けんせい》するように言った。

さきほどのひらめきを披瀝《ひれき》するつもりはない。近藤がどう反応するか心配である。

近藤が腕を組んだ。眉間の皺が深くなる。

何かを言われる前に先手を打った。

「続きは黒井事務所の反応を見てからにしましょう。娘から父親へ。父親はとなりの黒井事務所に駆け込む」

「また苦情か」

「黒井事務所は麻布署の誰と話しているのですか」

「署長に話を通し、うちの課長が対応しているようだ」

内林《うちばやし》課長は麻布署の裏の主のような男だ。現職に就いて七年になる。署の内外に幅を利かせ、六本木の暴力団ともつながっている。

「どうして生活安全課なんです。行政の担当は警務でしょう」

都議会議員らからの個別の案件は警視庁警務部、区議会議員らのそれは所轄署の警務部署が担当する。大半は個人的な依頼や苦情だという。

「くわしいことは知らん。俺に頭をさげたのも、さっき俺を呼びつけたのも課長だ」

小栗は口をつぐんだ。疑念がひろがる。首が傾いた。

「課長が気になるのか」

声がして、視線を戻した。

「別に」

気のない返事をした。

さらなる不安をあおるのはかわいそうだ。

★

★

鏡を見て、顔をしかめた。

斬られた二の腕の傷は癒えても、桜の花びらは元に戻らない。背一面に咲き誇る枝垂桜《しだれざくら》は両腕の三分までひろがっている。

城之内六三は視線をおとした。冷水で顔を洗ったあと、温水に切り替えた。固形石鹸《せっけん》を泡立て、剃刀《かみそり》をあてる。寝起きの習慣である。白の丸首シャツを被《かぶ》り、立て襟の白シャツを着る。首元のボタンまで留めて、化粧室を出た。

リビングのソファに腰をおろした。リモコンでテレビを点《つ》ける。ニュースを見るのもちかごろの習慣になった。といっても、録画だ。NHKの『ニュースチェック11』。ウィークデーの深夜に放送している。肩の凝らない報道番組である。

「桑子《くわこ》さん、きょうも元気ね」

声を発し、平野祐希が入ってきた。

祐希はアナウンサーの桑子真帆《まほ》を気に入っている。

城之内はテーブルを見た。

コーヒーカップの横にガラスの器がある。

「つくったんか」

「うん。ムッちゃん、ウインナーコーヒーが好きでしょう」

祐希にはムッちゃんと呼ばれる。人前では城之内さんと言う。

スプーンですくった。泡がきめ細かい。ひんやりとしたあまさが口中にひろがった。

「ザラメやな」

祐希がこくりと頷いた。

うれしそうだ。何度も泡立てに失敗し、ようやく完成した。そんな顔に見える。

城之内はコーヒーをひと口飲んでからホイップクリームをのせた。かきまぜない。コーヒーとクリームの両方を味わいたい。

煙草を喫いつけ、テレビを見る。

ふと、祐希の視線を感じ、顔をむけた。

祐希が口をひらく。

「この一時の、ムッちゃんが好き」

「なんやねん、急に」

「凛《りん》として。うまく言えないけど、毎朝、覚悟をしているみたい」

「そんな男は疲れるで」

ぶっきらぼうに言った。

祐希は変わった。おどおどしたところがなくなった。そう感じる。深夜の西麻布で暴漢に襲われて以降のことだ。

「そうね」

ぼそっと言い、祐希がカップを口に運ぶ。目を細めた。

夜はくたびれているんか。汚れているんか。

からかいかけて、止《よ》した。テレビを見る。

テレビの桑子は髪をうしろで括《くく》っている。ほっとする横顔だ。


代々木四丁目にある祐希のマンションを出た。

頭上で、木立の葉が鳴いている。北風が強そうだ。

——あしたも強い寒気が居座りそうです——

番組の最後の天気予報を思いだした。

近くのパーキングまで歩き、アルファードのドアを開ける。ボディは白。ホワイトなんとかというらしい。そういうことに興味はない。白は白だ。

空調を利かし、オーディオにふれる。

ギターの音が流れだした。曲名は知らない。車中では映画音楽ばかりをかけているが、映画のタイトルもほとんど憶えていない。耳心地がいいので聴いている。

フロントパネルのデジタルを見た。午前十時を過ぎた。携帯電話を開き、ボタンを押して耳にあてる。すぐにつながった。

「なんの用や」

携帯電話にメッセージが残っていた。

——上杉《うえすぎ》です。手が空いたら連絡ください——
それを聞いたのは深夜だった。午前一時を過ぎていたのでそのままにした。メールのやりとりはしない。記録に残る。
《会えますか》
低い声がした。そばに誰かいるのだろう。
「何時や」
《お昼でも》
「そばにしよう」
《では、赤坂の……》
「九段下がええ」
さえぎった。鴨南蛮《かもなんばん》がうかんだ。上杉に連れて行かれたことがある。
《去年の暮れに行った店ですね》
「ああ」
《そのあと一時間ほどください》
「わかっとる」
邪険に言った。
昼飯を食うために連絡をよこしたのではない。会えば必ずややこしい話になる。

《十一時半でいかがでしょう》

混む前に行きたいのだ。

「オーケーや」

《予約はできないのでよろしくお願いします》

舌が鳴りそうだ。一々うるさい。

通話を切り、シフトレバーをつかんだ。

前方から女が駆けてくる。祐希だ。

運転席のウインドーをおろした。

「忘れもの」

息があがっている。手をだした。札束だ。五十万円ほどか。

城之内は財布を持たない。クレジットカードも使わない。決済日までは借金になる。即時決済のカードもあるよ。祐希に言われたが、それも気乗りしない。ものを持ち歩く習慣がないので紛失するだろう。

「お仕事がおわったら乗せてね」

「どこに行きたい」

「伊豆かな。もうすぐ河津桜《かわづざくら》が見ごろになるみたい」

年末は怪我《けが》の治療を兼ねて、群馬の草津温泉に行った。初めての旅行だった。

「生きてりゃな」

ウインドーをあげる。

風になびき、セミロングの髪が祐希の笑顔を隠した。

蕎麦《そば》屋で辛味おろしそばと鴨の陶板焼きを食べ、九段下のホテルグランドパレスに移動した。エレベーターで最上階にあがる。ラウンジは半分ほどの入りだった。

コーヒーを頼んだあと、上杉が顔をむけた。

会ってからずっと表情が硬い。他人の耳を気にしてか、蕎麦屋では仕事の話をしなかった。ときおり、城之内の機嫌を窺《うかが》うようなまなざしを見せた。

上杉芳美《よしみ》は『上杉設計事務所』の所長で、大手ゼネコン『北進建設』の執行役員でもある。長く都市開発部門を担当している。五十六歳。黒っぽいスーツに紺色のネクタイ。櫛《くし》をとおした短髪と縁なしメガネはすっかり見なれた。

「ご相談があります」

声音も硬く感じた。依頼主なのに丁寧語を使うのはいつものことだ。

城之内は無言で見つめたあと、煙草を喫いつけた。

上杉が続ける。

「先方の要望を検討することになりました」

「要望やない。横槍《よこやり》や」

投げつけるように言った。

北進建設は港区飯倉片町の一区画に中規模の複合施設をつくる事業計画を進めている。去年の秋に用地買収がほぼおわり、翌春から工事に着手する段階に至っていた。

そこに問題が発生した。土地売買の仮契約が済んでいた割烹《かつぼうてん》店の店主が注文を付けたのだ。『桜場プランニング』を事業に参加させ、『西港建業』という建設会社を二次下請けに使うのが本契約締結の条件になる。文書でそう通達してきた。

よくある話だ。が、当然のこと、事業者は受け入れない。企業間での交渉がまとまらなければ第三者が介入することになる。

企業から依頼されるのは〈コンサルタント〉の肩書を持つ交渉人で、関西では〈捌《さば》き屋〉とも称する。司法の目の届かぬところで暗躍する裏の稼業人である。

上杉が細い眉をひそめた。

城之内は言葉をたした。

「俺の捌きや。勝手にことを進めるな」

「しかしながら、この案件が長引けば大幅に工期が遅れる。あの土地なしでは事業計画そのものが成り立たなくなる。本社も……」

「ほざくな」低く言った。「のめん話や。身体が汚れた。わかってるやろ」

上杉が頷く。空唾をのんだようにも見えた。

「お怒りはごもっとも。ですが、本社は警察ざたになるのも案じています」

「本音を言わんかい」

目でも凄んだ。

そこへウェイターがコーヒーを運んできた。

煙草をふかして間を空ける。コーヒーをブラックで飲んだ。

「都議会の黒井がめざわりなんか。圧力をかけられてるんか」

「目に見える圧力は」語尾を沈めて視線をさげ、思い直したように顔をあげた。「黒井先生は警察を動かせます」

もう動かした。言いそうになった。

――捜査じゃない。調査だ。が、警察官として動いている――

小栗のもの言いでわかった。黒井は私的に麻布署を動かしたのだ。

確信しても、上杉には話さない。なおさら腰が退《ひ》ける。

「心配すな。揉きはメシのタネや。警察ざたにはせん」

「城之内さんの仕事ぶりはよくわかっています。これまでもずいぶん助けられた。が、今回は相手が悪い。桜場プランニングのうしろには黒井先生が、黒井先生の背後には警察組織がついている。わたしのことはどうでもいいが、もし北進建設に捜査のメスが入れば甚大な損失を被る。リスクは避けるべきというのが本社の意向です」

言い分はわかる。

全国の地方自治体が施行した〈暴力団排除条例〉による行政処分を恐れているのだ。建設関連の企業はむこう数年間、公共事業の工事入札に参加できなくなる。公共事業への依存率が高い『北進建設』は窮地に立たされる。

にもかかわらず、建設業界は裏社会との縁を断ち切れないでいる。日本の戦後復興は表社会と裏社会の連携なくして語れない。一時期に暴力団が肥大化したのは治療薬の副作用のようなものだ。改正をかさねる〈暴力団対策法〉と〈暴力団排除条例〉のおかげで、その数は激減したとはいえ、企業と暴力団の癒着の構図が消滅することはないだろう。とくに建設業界はさまざまな問題に直面する。土地にまつわる複雑な利権、入札妨害、騒音問題に日照権。数えあげればきりがない。

それらを解決するために、建設業者は関連子会社を設立し、現場での調停役としての仕事をゆだねている。『上杉設計事務所』もそのひとつだ。

関連子会社でも手に負えないトラブルの処理を裏の稼業人に委託する。もちろん、建前上、親企業は与《あずか》り知らぬことである。

「あんたが間に立って苦しいのはわかる」やんわりと言った。「けど、俺もおなじ。神戸からは一歩も退くなと、きつう言われてるのや」

上杉が目をつむった。

神俠会の存在は『北進建設』の泣き処《どころ》なのだ。何十年にも渡って『北進建設』は神俠会の裏の力に頼ってきた。その恩があるというのではない。神俠会は『北進建設』がひた隠す瑕疵《かし》をつかんでいる。敵にまわせばそこにつけ入られ、カネをむしり取られる。

前門の虎、後門の狼《おおかみ》。警察と暴力団のはざまでゆれている。

「城之内さんは」上杉が小声で言う。「どうするつもりですか」

「安目は売れん。この傷が疼《うず》く」右手で左腕をさすった。「悪徳商人も顔負けの政治屋だけならまだしも、東仁会まででしゃしゃりでてきた。はい、そうですかとは、口が裂けても言えん」ひと息ついた。「なあ、上杉さん。だらだらというわけやない。もうしばらく、俺に預けてくれや。それなら、きょうの話は神戸に報告せん」

最後のひと言は重石《おもし》だ。

「わかりました。が、せめて期日を切っていただけませんか」

「ええやろ」あっさりと応じた。「桜が咲くまでにケリをつける」

上杉の顔にとまどいの気配がひろがった。月日を指定してほしいのだ。

城之内は祐希の言葉を思いだした。

「河津桜やない。靖国《やすくに》神社の桜や」

「東京の開花宣言ですね」

「おう」

城之内はソファにもたれた。

敵対する相手よりも身内のほうが疲れる。

一人稼業が性に合っている。つくづくそう思う。


ホテルの地下駐車場に停めていた車を駆って、六本木へむかった。

夕方まで約束事はない。『六三企画』のオフィスにこもり、作戦を練る。

六本木交差点に近づいたところで携帯電話が鳴った。

イヤホンを挿し、ブルートゥースで応じる。

「俺や」

《安田《やすだ》だ》かすれ声が届いた。《マルタイが例のマンションに入った》

城之内は時刻を確認した。午後二時を過ぎた。

「お昼寝かい」

笑いを堪《こら》える音がした。

「これからむかう。待機せえ」

《待ってる》

通話が切れた。

安田は電話で用件のみを告げる。固有名詞はめったに使わない。警察官時代の習慣だという。安田秀人《ひでと》の履歴は確認済みだ。

山梨県甲府市出身の三十七歳。都内私立大学を卒業後、警視庁に入庁。所轄署勤務を経て、六年前に警視庁捜査二課に配属される。三年後の春、警察官僚の歓迎会に参加したさい、口論となった上官を殴打。鼓膜を破る重傷を負わせ、依願退職を余儀なくされた。上司の紹介で弁護士事務所の調査員となるも、雇主の弁護士が担当する離婚裁判で係争中の妻と肉体関係を持ち、解雇された。現在は原宿のアパートに探偵事務所の看板を掲げ、弁護士や司法書士からの依頼を受けている。

酒癖、女癖が悪く、言動に問題があるけれど、仕事はできるという。世話になっている弁護士の紹介で雇った。仕事さえできれば何の問題もない。

赤羽橋交差点を南下し、三田一丁目交差点を過ぎて左折する。

城之内は路地角に車を停めた。

眼前にプリウスが停まっている。ボディカラーは白だが、汚れてグレーに見える。

運転席のドアが開き、安田があらわれた。

痩身で、顔の彫りが深く、くちびるは薄い。前をひろげたトレンチコートのポケットに両手を入れて近づいてくる。

城之内は右手の人差し指で合図を送った。

安田が助手席のドアを開け、身体を折った。

「どうも」不愛想に言う。「この車、特別仕様か」

「ああ」そっけなく返した。「状況を報告せえ」

言って、城之内は斜め前方に視線をやった。

オフホワイトのマンションがある。十七階建ての『パークメゾン芝』。監視対象者は、その一〇一三号室に出入りしている。分譲マンションだが、賃貸居住者も多いという。一〇一三号室の住人は矢野恵理子《やのえりこ》。１ＬＤＫを二十三万円の賃料で借りている。四十一歳。元銀行員で、離婚後、六本木のクラブに勤めだした。

「高橋はタクシーで乗りつけ、一時十三分に入った。事務所を訪ねてきた男二人とアメリカ大使館近くの料理屋で食事をし、そこを出るや、女の部屋に」

手帳も見ずにすらすら喋った。

もの言いは雑だが、気にならない。不快になれば殴る。

「昼間は何回目や」

「六回。夜は三回で、一回は泊まった」

安田には『黒井義春事務所』の事務長を務める高橋雄平の監視を命じている。正月五日から尾行を始めたので、ほぼひと月で九回、恵理子の部屋を訪ねたことになる。

しのぎで敵対しているのは『桜場プランニング』である。が、社長の桜場は張り子の虎だ。割烹店の店主と『黒井義春事務所』が結託し、桜場はそれに乗ったのか、乗せられたのか。いずれにしても三者の欲得が合致してのことだ。

黒井議員や秘書が飯倉片町の案件で動いているという気配はなかった。高橋の独断か、黒井の了解を得てのことか。いずれにしても、高橋の動きを封じれば結末は見える。

そう推察し、安田を雇ったのだった。高橋の動きを封じるための情報を得るのが目的だから、高橋の行動に一々反応するつもりはない。しかし、きょうは気持が動いた。上杉と話したせいかもしれない。こっちから仕掛けてみるか。その思いもある。

「直にあたるつもりか」

訊かれ、城之内は睨みつけた。

「すまん」

安田がちいさく頭をさげた。悪びれるふうはない。

「きのうの報告書を持ってるか」

毎日、安田は高橋の行動記録をファックスで『六三企画』に送ってくる。日付が替わる前のときもあれば、翌日の明け方のときもある。きのうはファックスが届く前にオフィスを去った。転送機能もあるけれど、祐希の部屋には固定電話がない。そもそも、祐希の部屋には仕事を持ち込まないと決めている。

安田が懐に右手を入れ、用紙を取りだした。何枚もある。上の一枚をよこした。

「持ち歩いてるんか」

「憶えきれないもので。気になる行動をとった日の分はこうして持っている」

「パソコンを見ればわかるやろ」

「作成した文書はプリントしたあと削除する。常識だ」

ひと言多い。が、無視した。

報告書を読む。数行目で、目の動きが止まった。

銀座の鮨《すし》屋で昼食をとった行だ。〈会社員風の五十年輩の男〉とある。

城之内はそこを指さした。

「この男は初めてか。事務所に来た客か」

安田が首をふる。

「鮨屋には別々に入り、一緒に出てきた」言って、また懐をさぐった。こんどは左手だ。

写真の束から一枚を差しだした。「この男だ」

格子戸を出てきたところのようだ。高橋と肩をならべている。

口元がゆがんだ。くそっ。声になりかけた。

会った記憶がある。上杉の言葉を思いだした。

――北進建設、総務部長の古川《ふるかわ》くん。元部下だった――

夜の会食の席に上杉が連れてきた男だ。永田町を担当しているとも言った。

「素性を調べようか」

声がして、城之内は顔をあげた。

安田が続ける。

「その男はタクシーで鮨屋に乗りつけた」

「タクシー会社と車両ナンバーを憶えたんか」

「癖でね」城之内がにやりとする。「簡単に割れる……」

城之内は左肘を張った。

顎にあたり、グシャと音がした。安田がうめき、ティッシュペーパーを手にする。吐いた唾は赤かった。口の中が切れたようだ。

「クビになりたいんか」

城之内はこともなげに言った。

ひと月五十万円で雇った。それだけでも上客だろう。別途、調査経費として三十万円を渡してある。成功報酬のボーナスも約束した。

安田が首をすくめた。

腕を伸ばし、欠伸を放った。

うとうとしたようだ。身を起こし、肩をまわす。腰も痛い。ソファで横になっていた。暖房を弱めた。息苦しい。煙草をくわえ、携帯電話を手にした。着信はなかった。メールも届いていない。デジタルを見る。午後五時を過ぎた。『黒井義春事務所』の高橋事務長は安田にまかせ、『六三企画』のオフィスへむかった。淹《い》れ立てのコーヒーを飲みながら報告書を読んでいる内に瞼《まぶた》が重くなった。

闇雲に動くつもりはない。が、他人まかせは神経に悪い。

西麻布で襲撃されて以来、膠着《こうちやく》状態が続いている。襲った連中の素性は麻布署の小栗から聞いた。東仁会幹部、島田の身内である。報復は控えた。金竜会の郡司が仲裁を買ってでたからだ。代紋を背負っていないとはいえ、城之内は神戸の五島組組長との縁で六本木に棲みつき、しのぎをかけている。郡司は自分の世話をしているのだから、筋目は違《たが》えられない。我をとおせば、五島の顔に泥を塗ることになる。

しのぎのほうもはかばかしくない。思いのほか長引いている。交渉相手の割烹店の店主は『桜場プランニング』を前面に立て、交渉の場には桜場の弁護士が同席する。相手にも瑕疵があるので係争を裁判に持ち込む心配はないけれど、桜場は背後に黒井がいることをちらつかせ、裏で暴力団を動かした。

めずらしくはない。むしろ、それが裏交渉では普通ともいえる。

あせりが出始めたところに、『上杉設計事務所』の上杉に呼びだされた。安田のくだらないひと言がなければ、高橋事務長の首をつかんでいたかもしれない。

　煙草を消し、洗面所に入った。顔が乾燥している。


　そとはすでに闇が降りていた。ふるえるようにネオンが灯《とも》っている。

　路地を左右に曲がり、薄汚れたマンションに足を踏み入れた。メールボックスを見る。六〇七に『六友商事』とある。飲食店からみかじめ料を搾取するための会社だ。

　エレベーターで六階にあがり、六〇七号室の前に立った。顔をあげる。

　ドアの上部、左右の二箇所に防犯カメラが設置してある。

　チャイムを鳴らした。

　ドアが開き、坊主頭の男が顔を覗かせた。

「こんばんは」男が愛想よく言う。「親分は奥です」

　城之内はひとりで歩き、応接室に入った。

　ソファにもたれ、郡司は葉巻をふかしていた。

「おう。グッドタイミングだ」

　破声《われごえ》が響く。機嫌がよさそうだ。

「なんですの」

　城之内は正面に腰をおろした。壁に立つ若者に声をかける。

「お茶を」

「どうした」郡司が言う。「酒はいらんのか」

「飲む気分やおまへん」

そっけなく返し、煙草をくわえた。

「直に気分は変わる」

言って、郡司が真顔をつくった。

城之内は煙草に火をつけたあと、郡司を見据えた。

郡司が口をひらく。

「ついさっきまで、そこに長谷川《はせがわ》がおった」

城之内は眉根を寄せた。

長谷川は東仁会の若頭だ。乾分らに城之内襲撃を命じた島田の兄貴分でもある。

仲裁役の郡司は長谷川を相手に和解の道をさぐっていた。が、年明け早々に島田が覚醒剤取締法違反の容疑で身柄を拘束されたため、話し合いは中断した。先月末から交渉を再開したと聞いている。

「交渉は最終局面を迎えた」郡司が表情を弛め、葉巻をくわえる。うまそうにふかしてから言葉をたした。「治療費と慰謝料はこれまでどおり、一千万円。加えて、飯倉の案件からいっさい手を引くと言ってきた」

「ほう」

思わず声が洩《も》れた。

敗北宣言にひとしい提案である。暴力団どうしの和議は何度も体験した。五分はむりでも、片方がおおきな不利益を被らない条件で折り合いをつけることが多かった。

文句はない。郡司が仲裁役から離れれば足枷《あしかせ》がはずれ、気分は楽になる。

若者がお茶を運んできた。

城之内はそれを飲んで、視線を戻した。

「書面はもらえますのか」

「もちろんだ。念書をしたため、公正証書をまく。文句はあるまい」

「進めてください」

「早いほうがいいだろう。来週にも席を設ける」

「よろしく頼みます」

城之内は頭をさげた。

「これでやれやれだ。肩の荷がおりる」

本音の吐露に思えた。

一日でも早い和議の成立を望んでいたのは郡司もおなじだろう。

金竜会の跡目相続の段取りが遅れている。年明け早々に金子会長の引退、郡司の二代目襲名を発表し、神侠会の定例総会で郡司の直参入りを承認する予定だった。その予定を延期したのも神侠会本家である。城之内が襲われたことが要因になった。ほかの暴力団ともめているさなかでの祝事を嫌ったのだ。

その決定がなされたとき、郡司は荒れた。城之内に対しても不快を露《あら》わにした。五島組長にも愚痴をこぼしたという。だがしかし、そこまでだ。格がものをいう世界である。五島の後ろ盾をなくせば、直参入りどころか、金竜会の跡目襲名も夢と消える。

憤懣を腹にかかえ、郡司は和議に走った。

「俺もしのぎに専念できますわ」

「大丈夫か」郡司が顔を近づける。「面倒にはするなよ」

「どういう意味ですの」

「相手のうしろには都議会議員が控えているそうじゃないか」

「関係おまへん」

はねつけるように言った。

郡司がソファにもたれる。苦虫を噛《か》みつぶしたような顔になった。

城之内は身を乗りだした。

「その話を、どこから」

「おい」郡司が声と目で凄む。「誰の島でしのぎをかけてる」

「すんません」

素直に詫《わ》びた。

郡司が自分を快く思っていないのはわかっている。自分の島を荒らされている気分なのだろう。が、それも我慢するしかない。郡司は五島から世話役を頼まれたのだ。

城之内は言葉をたした。

「仲裁のお礼やけど、折半でよろしいか」

「もらえるもんは頂戴する」

「しのぎが片づいたおりは、別途、謝礼を届けます」

「太っ腹だな」

郡司の顔がほころんだ。

「けじめですわ」

さらりと言った。

受けた恩義をカネで返せるのなら安いものだ。

城之内は顔の裏側でにやりとした。郡司の器量もカネで買えそうな気がする。

★

★

小栗は、鉄筋三階建ての民家の前に立った。

二階と三階に二つずつ小窓があるだけで、蔵のようにも見える。玄関のドアは頑強そうで、表札はかかっていない。

インターホンを押し、ドアの上部にある防犯カメラに顔をむけた。

《どちらさん》

声がした。歓迎するような口ぶりではなかった。

「麻布署の小栗」警察手帳をかざす。「金子会長に用がある」

五秒か、十秒は経《た》ったか。

《何の用だ》

さっきとは声が違った。どすが利いている。

「とにかく、開けろ」

小栗は声を強めた。下手にでれば追い返される。

ほどなくドアが開いた。

若者二人が三和土《たたき》に降りた。小栗をはさむようにする。

上がり框《がまち》に四十年輩の男が立っている。黒のスーツ。白地に空色のストライプのシャツの胸元がはだけている。見下すようなまなざしで口をひらく。

「あんた、見かけん顔だが、部署は」

「生活安全課《セイアン》。保安担当だ」

「夜回りか。畑違いの刑事《デカ》が会長に何の用がある」

「会って話す。とりついでくれ」

「舐《な》めた口をきくな」男が一歩踏みだした。「帰れ」

「そうはいかん」

「なにっ」

男が眦《まなじり》をつりあげた。

若者らが詰め寄る。両腕を取られた。

「どうした」

奥から声がし、銀髪の男があらわれた。黒っぽいズボンに白のポロシャツ、クリーム色のカーディガンを着ている。

金竜会会長の金子だ。面と向かうのは初めてだが、何度か顔は見ている。

「騒々しい。何事だ」

おちつき払ったもの言いだった。

小栗は金子を見つめた。

「麻布署の者だ」口調は変えない。やくざはやくざだ。「訊ねたいことがある」

「あんた、名前は」

「小栗。生活安全課にいる」

「ほう」金子が口をまるくした。垂れぎみの目も開いた。「あんたが小栗さんか。石井からうわさは聞いている。よく来てくれたね」

声がはずみ、目元に幾つもの皺ができた。好々爺《こうこうや》の顔になる。

若者らが手を放し、脇に控える。

「此川《このかわ》」中年男に言う。「粗相はするな。しばらく応接室にいる」

「しかし」此川と呼ばれた男がむきになる。「まもなく客が……」

金子が手のひらでさえぎった。

「先方に電話して、一時間ほど時間をつぶしてもらいなさい」

「わかりました」

此川が渋々の顔で答え、左手のドアを引き開けた。事務所のようだ。

「さあ、あがりなさい」

金子にうながされ、小栗はバックスキンの靴を脱いだ。

まだこんな事務所もあるのか。

応接室に招かれて、小栗は目を白黒させた。

二十平米ほどか。中央に黒革のソファがある。奥の壁に長方形の額の中で、紋付袴《もんつきはかま》の金子が仁王立ちしている。左右の鴨居《かもい》には代紋入りの提灯《ちょうちん》がならび、おおきな熊手にも〈金竜会〉の文字が見える。

いずれも暴対法と暴排条例の拡大解釈で威圧行為と見なされる代物である。

勧められ、ソファに腰をおろした。

「なにを飲む」

金子に訊かれ、とっさに思いついた。

「カモミールを」

金子が相好を崩し、高笑いを放った。

「なかなかおしゃれな人だ。わたしをよろこばそうとしたのか」

小栗は頰を弛めた。二人の間で通じるやりとりだ。

カモミールは『ゴールドウェブ』の石井が好んで飲む。ここにもあると推察した。

金子が壁際に立つ若者に顔をむける。

「二つ、持ってきなさい。はちみつ入りで」

小栗は、テーブルの灰皿を指さした。吸殻はなく、きらきら輝いている。

「いいですか」

丁寧なもの言いになった。場の雰囲気のせいだろう。金子が頷くのを見て、ポケットから煙草とライターを取りだした。

「わたしに一本、くれないか」

言われ、パッケージを差しだした。

煙草をふかし、金子が目を細める。肺には入れなかったようだ。

「相手次第で喫いたくなる。石井にやめさせられてね。三年になるか」

金子が懐かしそうに言った。

小栗は頷き、煙草をふかしてから口をひらいた。

「石井が心配していました」

「ん」金子の眉尻がさがる。「わたしのことをか」

「ええ。いつになったら引退するのかと」

金子がおどけるように肩をすぼめ、口をひらいた。

「ほかに心配することがあるだろうに」

「同感です。よほどの恩義を感じているのでしょう」

「その口ぶりだと、石井は話してないようだね」

「さしつかえがなければ教えてくれませんか」

「もう十四、五年前になるか」金子が遠くを見るようなまなざしで切りだした。「石井の彼女の妹が三人組から暴行を受けた。石井に怨《うら》みを持ってのことだ。石井がその事実を知ったのは妹が自殺したあとだった」

金子が天井を見あげて息をつく。

小栗はあとの言葉を待った。

「石井がここに押しかけて来た。あとでわかったことだが、腹にドスをのんでいた。三人組はチンピラだが、うちの幹部が面倒を見ていたんだ。で、石井が喧嘩《けんか》を売った。たまたまわたしが居合わせてね。血がのぼった者らを抑え、石井に事情を訊いた。幹部もチンピラをけしかけたのを認めた。六本木で暴れまわる石井がめざわりだったんだ。わたしは、その場で幹部を絶縁処分にした。石井を殺《や》るのなら何も言わん。が、女を暴行するなぞ……やくざにも最低の矜持《きょうじ》はある」

金子が淡々と語った。

小栗は息をひそめ聞いていた。

話しおえると、金子がソファにもたれた。

タイミングを計っていたかのように、若者がトレイを運んできた。

ティーカップから香りが立った。

小栗は息苦しさから解放された。くちびるを舐め、カップを手にした。二度三度とカモミールを飲んだあと話しかけた。

「そのときの恩義ですか」

金子がゆっくり首をふる。

「それが縁で石井とたまに飯を食うようになった。そのころの石井は人を寄せつけなくなっていた。好きなやつほど、信頼できる者ほど、距離を空けてね。見かねて、わたしは言った。それなら人から怨みを買わない男になれと。やくざ者が言うことじゃない。人に説教する柄でもない」金子が目尻に皺を刻んだ。「が、わたしは諭した。あいつならどんな世界でも男として生きて行けると思ったからね。で、それからしばらくして石井は会社を立ちあげた。石井がわたしに恩義を感じているとすれば、喧嘩の仲裁に入ったことではなくて、身の程知らずの説教をしたからだろう」

言って背をまるめ、金子がティーカップを口に運んだ。

カップを戻すのを待って、小栗は口をひらいた。

「家族ぐるみのつき合いのようですね」

「会社を始めて、石井はわたしの家を訪ねてくるようになった。女房や娘とも仲よくなった。いまゴールドウェブで社長をしているのは娘の婿だ。メディアなんとか……あの業界では石井の先輩にあたる」

「そうでしたか」

声に安堵《あんど》の気配がまじった。肩が軽くなった。

——会社はどうなる——

——心配ない。取引先の気心の知れた人にお願いした——

犯行現場から連行される前に、石井が言った。

あれは濁りのないひと言だったのだ。

「石井のことで来たのか」

声がして、それていた視線を戻した。

「城之内六三のことを聞きたくて訪ねました」

「…………」

金子の眼光が増した。たちまち、やくざ者の顔になる。

小栗は続けた。

「どういう男ですか」

さりげなく訊いた。

自分と城之内の縁は話さない。そう決めている。

「警察に面倒をかけているのか」

金子の声音が低くなった。

「いいえ。ですが、ある事案で城之内を調べています」

「どうしてわたしなんだ」

「金竜会が面倒を見ていると聞きました」

「やつの素性はわかっている。そう受け取っていいんだな」

「結構です」

小栗はきっぱりと言った。

金子が手を伸ばし、煙草をくわえた。ふかしてから口をひらく。

「やつはキョウキの塊……任侠《にんきょう》の侠とも、狂犬の狂とも言える。のどかな時世になってもひたぶる男がいるのか……やつに初めて会ったとき、そんなふうに感じた」

「石井もひたすらに生きていると思いますが、二人は違いますか」

「違うな」金子が紫煙を吐く。「石井は自我を前にだすことはなかった。まわりを気遣い、そばにいる者のためには労を惜しまなかった。だから、前科二犯にもかかわらず、石井のまわりにはいろんな人が集まった」

小栗は頷いた。返す言葉は要らない。

金子が言葉をたした。

「六三は孤独に生きるしかないだろう。やつの態度には潔さを覚えるし、個人的には好きな人間だが」声を切り、金子が頭をふる。「組織を束ねている以上、やつの生き方を良しとするわけにはいかん。爆弾をかかえるようなものだ」

「……………」

小栗は口を結び、金子の目を見つめた。

「悪いが、六三の話はしたくない」

金子が視線をそらし、煙草をふかす。うかない表情になった。

小栗は重くなりかける口をひらいた。

「ひとつだけ、教えてください」

金子は横をむいたままだ。

かまわず続ける。

「城之内はしのぎをかけているようですが、金竜会もそれにかかわっているのですか」

「それはない」語気を強め、金子が視線を戻した。「さっきも言ったように、爆弾をかかえるわけにはいかん」

「しかし、金竜会が城之内の面倒を見ているのなら、城之内がどこかともめたさいに、無視するわけにはいかないでしょう」

そんなことをすれば金竜会は神戸の五島組の怒りを買う。

あとに続く言葉は控えた。

「ものははっきり言え」金子のもの言いが変わった。射るような目つきになる。「あんたは六三のしのぎを調べているのか。この金竜会を的にかけているのか」

「的は城之内ひとり。それも、なにかの容疑で調べているのではない」小栗も口調を変えた。ここは警察官として対応する。「理由は教えられないが、城之内の行動を把握し、犯罪の芽を事前に摘むのも任務のひとつと言える」

小栗は、金子の表情を窺いながら喋った。

金子の引退と跡目相続の儀は先送りになっている。これ以上の面倒事は避けたいはずである。それを意識して言葉を選んだ。

「むりだな」

金子が独り言のように言った。

「なにが」

「六三は押さえきれん。わたしは、そう思う」

「金竜会は城之内のしのぎに一切かかわっていない。そう受け取っていいのか」

「どうして念を押す」

「情報によれば、ここの跡目を継ぐ郡司と城之内はかなり近い関係にある。二人がつるんでいれば、金竜会も知らぬ存ぜぬでは済まないと思うが」

「たしかに。が、郡司は六三のしのぎにかかわってない。それは断言できる。目の前にぶらさがるおおきな鯛《たい》を取り逃がすようなばかなまねはしない」

「本人はそうでも、五島の意思で……」

「くどい」金子が声を荒らげた。「わたしは神俠会本家の直参だ。五島組の枝じゃない。本家若頭補佐の五島といえども、金竜会の島内のことに手はださせん」

小栗は息をぬき、ソファにもたれた。

ゆるぎない縦社会でそんな強弁が通用するのか。神俠会の直参入りを狙っているという郡司が五島に刃向かえるのか。

いくつもの疑念が湧いた。それをぶつけたところで得るものはないだろう。

「わかりました」

口調を改めた。予定を変更し、面談に応じてくれたのだ。

礼を言い、煙草とライターをジャケットのポケットに収めた。

金子の表情がやわらかくなった。

「近いうち、晩飯でもどうかね」おだやかに言う。「もっと石井の話をしたい」

「三年後ならよろこんで」

言って、小栗はにやりとした。

金子も目を細めた。意味がわかったのだ。

暴力団から身を退いても、三年間は警察データから削除されない。


そとに出て、腕の時計を見る。午後五時半を過ぎていた。

みぞれまじりの小雨が降っている。

小栗はダッフルコートのフードを被り、ポケットに両手を隠した。人気のない路地を歩く。だらだらとした上り坂が続いている。

ときおり突風が坂を転がりおちてきた。そのたび顔をそむけ、目をつむった。野良犬が首をさげ、よたよた歩いている。横を通り過ぎるとき、クゥと鳴いた。

外苑東通の灯が見えたところで脇道に入った。細長い雑居ビルのエレベーターで三階にあがり、バー『山路《やまじ》』の扉を開ける。

静かだった。ちいさな店だ。カウンターに六人、ベンチシートに四人が座れば満席になる。カウンターはきれいに片づいていた。

小栗はダッフルコートを脱ぎ、奥に進んだ。

店主の山路友明《ともあき》はベンチシートに座り、テーブルのスマートホンにふれている。白シャツに棒ネクタイ。格子柄のベストを着ている。開店準備は整ったようだ。

近づき、声をかけた。

「メールですか」

「アプリゲームよ」うつむいたまま言う。「ビールを持ってこい」

小栗はきびすを返し、カウンターの中に入った。腰をかがめ、クーラーボックスに手を伸ばす。水を張り、氷を浮かせ、小瓶を冷やしてある。

栓をぬき、グラスを手にして戻った。

「ちえっ」

舌を鳴らし、山路が顔をあげた。

「山路さんには似合いませんよ」

言って、小栗はビール瓶を傾けた。

山路は短髪の丸顔。腕は丸太のようだ。かつて麻布署組織犯罪対策四係に属していた。依願退職で現役を退いても、口の悪さは変わらない。

「けっ」山路がグラスをあおり、息をつく。「俺はおまえの情報屋か」

「もう頼んだのですか」

小栗は話をそらした。頼み事をするたび出前の料理を馳走《ちそう》する。

「きょうは食欲がない。で、鮨にした」

何食わぬ顔で言い、ビールを飲みほした。

小栗は煙草をくわえ、火をつける。

「なにかわかりましたか」

「その前に確認しておく」山路が睨む。「俺のネタ元、承知なんだろうな」

「元同僚以外ということですか」

「そうよ」

「郡司組ですよね。この店も郡司の口利きでオープンしたとか」

「よくもぬけぬけと……まったく、どんな神経をしてやがる」

山路が口元をゆがめ、ビールを注いだ。

そこに扉を開き、出前持ちが入って来た。

「特上三人前。一万一千三百四十円です」

領収書を見せられ、小栗はズボンのポケットに手を突っ込んだ。財布は持たない。料金を払うと、一万円札がなくなった。

出前持ちが去った。

「なけなしのカネをはたきやがって」山路が言う。「俺はそういうのに弱いんだな。俺の人生、情でつまずいてばかりだ」

「つまずいて、バーのマスターなら立派なもんです。俺なら餓死します」

さっきの野良犬がうかんだ。

山路が手でつまむ。中トロが消え、アナゴも口に入った。

小栗はおしぼりを取りに行った。ついでにカウンター内の冷蔵庫を開け、緑茶のペットボトルも運んだ。酒は飲みたくない気分だ。

鮨桶《すしおけ》が空になった。山路が口をすすぐようにして緑茶を飲み、視線をむけた。

「城之内が襲われた件だが、あれは手打ちになるそうだ」

「誰かが仲裁に立った」

ほかは考えられない。城之内が話し合いでまるく収めるとは思えない。

「郡司よ。来週にも和議の場を設けるらしい」

「手打ちの中身は」

「知らん。が、東仁会が詫びを入れる形になるようだ」

「郡司から聞いたのですか」

「そんなわけねえだろう」つっけんどんに言う。「やつの舎弟よ。貸しがある。野球賭博のガサ入れ情報を流してやった」

小栗は目で笑った。

自分のためでしょう。ひやかしのひと言は胸に留めた。山路は野球賭博の常習者だ。胴元が逮捕され、顧客リストを押収されればわが身も危うくなる。

和議の件を金竜会の金子は知らないのだろうか。ひょっとして城之内が東仁会の連中に襲われたことも知らないのか。

めばえた疑念は脇に置いた。ほかに訊きたいことがある。

城之内が傷を負った直後の、電話のやりとりが気になっている。

──東仁会ともめているのか──

──俺のしのぎに絡んできたのかもな──

あのときはまだしのぎで対面していなかったということだ。東仁会が利権に食いついたか。誰かが東仁会を動かし、城之内を襲わせたか。

「トラブルの元は何だったのですか」

「城之内のしのぎに東仁会が首を突っ込んだ。そう聞いた。ほんとうだろう。でなきゃよそ者の城之内に詫びを入れるはずがない」

「そうですね」煙草をふかした。「そのしのぎに郡司は絡んでいなかった。絡んでいれば手打ちの仲裁には立てないでしょう」

山路が首をひねった。ややあって、口をひらく。

「しのぎに絡んでいたかどうかはともかく、郡司が仲裁に立ったのは己のためよ。一日も早く、金竜会の跡目を継ぎたいのさ」

「年末までには代替わりがあると聞いていました。遅れた理由は何ですか」

頭の片隅には東京拘置所での石井との約束がある。石井は金子の進退を案じていた。

「神俠会本家から待ったをかけられたらしい。軽はずみなことは言えんが、城之内と東仁会のもめ事が本家の耳に入ったのかもしれん」

「それなら、郡司もあせりますね」

「ああ」気のない返事をし、山路が腰をあげる。「カウンターに移ろうぜ」

小栗は空き瓶とグラスを運んだ。

カウンターの中に入り、山路が鮨桶を洗う。見かけによらずきれい好きである。

「水割りでいいか」山路が訊く。「心配するな。この先は俺のゴチだ」

「いただきます」

小栗は頬杖をつき、あたらしい煙草に火をつけた。

山路が二杯の水割りをつくる。殻付きピーナツを添えて、口をひらいた。

「どこまで話したっけ」

「郡司があせっている話です」

「そうだったな。舎弟によれば、手打ちの話がまとまって郡司は機嫌がいいそうだ」

「晴れて跡目を継げる」

「どうかな」

山路がグラスをあおる。半分が消えた。

「まだなにか問題が」

「城之内よ」さらりと言う。「舎弟は心配していた。城之内のしのぎが気になると。東仁会が手を引いたからといって、すべてがうまく行くとは思えんらしい」

「どんなしのぎをかけているのですか」

「飯倉に複合施設を建設する計画がある。東京ミッドタウンのミニ版みたいなもんだな。城之内は事業者側にくっついているそうだ」

「トラブル処理で雇われた」

「さあ。くわしいことは舎弟も知らないようだ」

小栗は水割りを飲み、息をついた。

「もうひとつの頼み事はわかりましたか」

電話で三つの依頼をした。

金竜会の跡目相続と城之内のしのぎ、そして、黒井議員の裏人脈である。

「黒井の件か」山路が眉をひそめた。「マル暴担によれば、東仁会の長谷川とつながっているそうだ。うわさに毛の生えたようなものだとも言っていた」

「山路さんは知らなかったのですか」

「ああ。俺が現職のころ、黒井は駆け出しの議員で、力がなかったからな」

山路は七年前に依願退職した。やくざに警察情報を流したことが警務部署に知れ、退職をうながされた。山路の部下が不始末をしでかし、彼を助けるための情報漏洩《ろうえい》だったそうだが、山路は抗弁せずに退官したという。部下を護ったのだ。

「おまえ」山路が顔を近づける。「なにをさぐってやがる」

「なにも」

「とぼけるな。金竜会に城之内、黒井とならべ立てりゃ、勘ぐらなくても想像はつく。城之内と黒井がぶつかっているのか」

小栗は横目で睨んだ。ひらめきが声になる。

「調べたようですね」

「鋭いじゃねえか」

山路がニッと笑い、水割りを飲んだ。

「カネのにおいを嗅ぎつけましたか」

「ばかを言うな。強請《ゆす》りたかりは趣味じゃない。おまえらのせいだ。ちかごろは見返りにくれてやるネタにこまっている」

「申し訳ない」

素直に詫びた。

山路は古巣の麻布署のほかにも警察人脈があるという。金竜会の郡司をはじめ、暴力団ともつながりがある。とはいえ、一方通行では縁が薄れる。当然のことだ。

山路が口をひらく。

「東仁会に若頭の長谷川と距離を置くやつがいる。おまえもここで見た男だ」

小栗はぽかんとした。が、すぐに思いついた。いつ来てもひまな店だ。

「ジャズ好きのスーさん」

「そうよ」

山路が目元を弛めた。やさしさが覗く。

「刑務所でジャズにはまったらしい。ここにもＣＤを持ち込んでくる」

小栗も頬を弛めた。

山路が続ける。

「きのう、スーさんを呼んだ」

「お手数をかけました」

「しおらしいことをぬかすな。半分はここの稼ぎのためさ。古巣の連中はネタがほしくてやってくる」

声がでない。古巣の部署でなくても小栗は山路を頼っている。

「黒井と長谷川の関係は聞けなかったが、黒井と城之内の接点はわかった。黒井の義理の弟が桜場プランニングという会社を経営している。表看板は設計事務所だが、実態は建築コンサルタント。黒井の肩書を利用して建築利権をむさぼっているらしい」

小栗は目をまるくした。初耳のふりをするしかない。情報の見返りは出前の晩飯とわずかな飲み代である。城之内から聞いた話を教えるつもりはない。

真顔をつくって話しかける。

「で、城之内とぶつかった」

「そう思う」

言ってグラスを空け、山路がボトルを傾ける。オンザロックに替えるようだ。

小栗もグラスを差しだした。

ドクドクと音が立ち、グラスは琥珀色《こはくいろ》になった。

かじかむ手で玄関のドアを開けた。

わずかなぬくもりを感じた。ほんの一瞬のことだ。迷い込む冷気が部屋に残っていた生活臭を消し去った。みぞれは止んだが、北風はさらに強くなった。

小栗は靴を脱ぎ、コンロに火をつけてからリビングに入った。

エアコンとコタツをつけた。ダッフルコートとジャケットをクローゼットのハンガーにかけ、煙草をくわえる。エアコンの風が紫煙をさらう。まだ冷たい。着替えるのをやめ、キッチンに戻った。フィルターペーパーを折り、コーヒー豆をおとした。

吐いた息に悪酔いしそうだ。かなりの酒量だったけれど、酔えなかった。山路の話は疑念と推測をかき立てた。いつまで経っても客はあらわれず、途中から他愛もない話に代わっても神経は弛まなかった。

カウンターに五千円札を置いてきた。タクシー代が残った。

薬缶から湯気が立った。火を止め、煙草を消し、リビングに戻って紺色のスエットに着替えた。キッチンに引き返してコーヒーを淹れ、コタツに胡坐《あぐら》をかいた。

目覚まし時計を見る。午後十一時十三分。リモコンにふれる。

男の顔がアップで映った。いきなり睨みつけられる。マフィアのボス役のJack Nicholson。薄い頭髪と髭面の風貌は得体の知れない凄みがある。Martin Scorsese監督作品の『THE DEPARTED』。デッキに挿して何日経つのか忘れた。

ＤＶＤは百本以上ある。くり返し見るのは一割で、熱心な視聴者ではない。たぶん、部屋に人の気配がほしいのだ。映画の中の人物なら気を遣わなくて済む。いやなやつがでてきたら画面を消すだけのことだ。

マグカップを空にし、クッションを枕に横たわる。眠くはない。が、頭が重い。喋り疲れた。人との会話は動くよりも疲れる。

ほどなくしてチャイムが鳴った。

「開いてるぞ」

ひと声はなち、身体を起こした。

ドアが開き、足音がして、福西が入ってきた。

「具合でも悪いのですか」

「ん」

「てっきり花摘に行くのかと思っていました」

「そりゃ悪かった」

嫌味を返した。福西は明日香の顔を見たかったのだ。

「そういう意味で言ったのではありません。男は仕事です」

澄ました顔で言い、コンビニエンスストアのレジ袋をテーブルに載せた。

「酒のつまみです」

言って、福西がコートを脱ぐ。

「氷とグラスを持ってこい」

愛飲するラフロイグのボトルはテーブルの端に立ててある。

福西がキッチンを二度往復し、腰をおろした。レジ袋の品を皿に移す。

小栗はオンザロックと水割りをつくった。

福西が唐揚げをつまみ、部屋を見渡した。

「ほんと、殺風景ですね」

中央にコタツを配し、左にベッド、右にテレビ。テレビの脇のラックにはＤＶＤとＣＤが積んである。入居時と変わったのは壁の色だけ。黄ばんでいる。

「うるさい」

邪険に言い、グラスを傾けた。酒を飲んだ気がする。テーブルを見た。唐揚げのほかに春巻き、おでん、イワシの缶詰がある。食欲がわかない。ポテトチップスの袋を裂き、指先でつまむ。しょっぱい。酒で流し込んでから、煙草を喫いつけた。

福西は食べるのに忙しい。

頬杖をつき、小栗は話しかけた。

「南島は」

「帰しました」

福西があっさり答えた。

けさから、福西を『黒井義春事務所』の高橋に張りつかせた。ひとりでは対応できないと福西が泣きを入れたので、近藤係長に談判して地域課から南島を借りた。

自分が動けば高橋はどう反応するのか。城之内と桜場がしのぎでもめているのはわかった。桜場の背後には『黒井義春事務所』がいる。麻布署を動かしたのも黒井の事務所だ。絵図を描き、策を講じているのは高橋事務長だろう。

ティッシュペーパーで指を拭き、福西が顔をむける。

「高橋は午前八時半に事務所に入り、そとにあらわれたのは昼飯のときだけです。午後六時半に事務所を出て、タクシーで六本木へむかい、鮨屋に入りました。八時過ぎに女と出てきて、クラブに。同伴だったんでしょう。十時前にタクシーで家に帰りました」

よどみなく喋った。

「どこの鮨屋だ」

「四丁目の木本です」

「クラブは」

「ロアビルの近くのレッドカーペット。知っていますか」

「ああ。若い女がそろっていると聞いた」

鮨屋『木本』は老舗で、クラブ『レッドカーペット』は一年が経ったくらいだ。

福西が表情を崩した。口をひらく。

「熟女でしたよ」

「はあ」

「高橋が連れていた女です」

「鮨屋を覗いたのか」

「とても」福西が手のひらをふる。「経理に殴り飛ばされます」

廻る鮨でも経理に状況説明を求められる。

クラブもおなじ答えだろう。小栗はグラスを持った。

「高橋の席に男がいました」

手が止まった。

「クラブに入ったのか」

「高橋が消えて三十分ほどして南島が覗きに行きました」

「正しい日本語を使え。男がいたではなくて、いたそうですだ」

「そうです」

福西があっけらかんという。

ますます食えない男になってきた。小言は徒労だ。グラスをあおった。

福西が言葉をたした。

「でも、高橋はひとりで店を出てきたので、中で偶然に会ったのかも」

「推測はいらん。その男、高橋より先に出なかったんだな」

「南島はそう言いました」

責任のがれのようなもの言いにも聞こえた。

それも無視だ。煙草をふかし、口をひらいた。

「南島に電話しろ」

首をすくめ、福西が携帯電話を手にした。

「俺、福西。オグさんに代わる」

小栗は携帯電話を耳にあてた。

「クラブで一緒だったのはどんな男だ」

《はっきりとはわかりません。店の人に待ち合わせだと言って入ったので。五十年輩、恰《かっ》幅《ぷく》のいい男でした》

「どうして中に入る気になった」

《エントランスに気になる男が……黒井事務所の近くでも見たような気がして》

「ほんとうか」

《断言できません。が、路上に停まっていた車から出てきた男に似ていました》

「その車はずっと事務所の近くに停まっていたか」

《はい。高橋が外出したさいはあとを追うように》
「……………」
首が傾いた。高橋を見張っている者がいる。それは確かなようだ。
南島が続ける。
《その男は高橋がクラブに入ってもエントランスにいたのですが、さっき言った五十年輩の男を見かけると、あとを追うように……それでつい、自分も》
「追った男もレッドカーペットにいたのか」
《はい。カウンターに。目が合って、にやりとされたのであわてて出ました》
小栗は笑いそうになった。南島の動転ぶりが目にうかぶ。
「どんな野郎だ」
《トレンチコートを着ていました。目つきが鋭く、堅気には見えませんでした》
「おまえ、どこで見張っていたんだ」
《エントランスの端です》
「フクは」
《車の中に。自分がエレベーターを確認すると言って出たのです》
こっちはあきらかに福西をかばっている。が、とがめることではない。
「二人とも顔を見ればわかるか」

《写真でもわかると思います》

「わかった」通話を切り、福西を睨んだ。「報告を端折《はしょ》るな」

「えっ」

福西がおおげさにのけ反る。

小栗は南島の話を教えてやった。

「あいつ」福西が目くじらを立てる。「そんな話は聞いていません」

「ふーん」

ものを言うのは控えた。福西は本気で怒っている。あおるのはかわいそうだ。南島も警察官になりつつある。つかんだネタは手柄になるよう有効に使う。おそらく南島は直に報告したかったのだろう。

「ご心配なく」福西が言う。「南島を責めたりしません」

「アシの心配はいらん。高橋の監視は中断する」

「ええっ」

「高橋を見張っていると思われる男の素性を特定するまでだ」

「南島は」

「一週間という約束で地域課にむりを頼んだ。一日で戻しては失礼になる」

福西が顔をほころばせた。

楽を覚えた者は始末に悪い。

★　★

照明の光度を抑えた部屋にジャズが流れている。『DAYS OF WINE AND ROSES』。McCoy Tynerが奏でるピアノに心がしびれる。目を閉じて聴いていると、ほの暗いバーの片隅で飲んでいるような気分になる。おなじMcCoyの激しく、のびやかな『FLY WITH THE WIND』は元気がほしいときに聴きたくなる。

岩屋雄三は厚切りのサラミをかじり、タンブラーを傾けた。

酒はさほど強くはないけれど、家で飲むのはオンザロックだ。いつでも横になれるという安心感がある。フォアローゼズかオールドパー。気分で選ぶ。きょうはオールドパーにした。グラスを空けて息をつき、煙草《タバコ》を喫《す》いつける。

自室にこもって一時間あまりが経《た》った。早い帰宅が続いている。そろそろ飽きてきた。ジャズと酒。至福のひと時も連日となればありがたみが薄れる。麻布署の四階フロアでデスクワークばかりしているせいもあるのだろう。

自分は犯人を追うことしか取柄がないのか。そんなふうにも思う。そうだとしても嫌でないのは確かだ。ほかにやれることは思いうかばない。

紫煙を吐き、ボトルを手にした。ごつごつとした手触りに親しみを覚える。立方形の容器はいかにも頑固そうに見える。

三杯目になって瞼《まぶた》が重くなってきた。

くわえ煙草でリモコンを手にした。音を消し、プレイヤーデッキのCDボックスを開いた。ベッドに入って聴くのはピアノソロ。Keith Jarrettが弾くピアノの音色はそっとささやきかけるようなやさしさがある。『THE MELODY AT NIGHT, WITH YOU』。恋人と肩を寄せ合って聴くようなタイトルだが、岩屋には睡眠導入剤のようなものである。心地よいねむりにいざなってくれる。

立ちあがり、CDを挿し替える。

「勝手にしなさい」

甲高い声が聞こえた。妻の亜矢子《あやこ》だ。

「ちゃんと話を聞いてよ」

娘の声も届いた。こちらは裏返りそうな声だった。

岩屋は眉をひそめた。妻と娘の口論はこれまでもあった。が、怒鳴り合うことはなかった。なにがあったのか。想像するよりもわずらわしさのほうが先に立つ。ほうっておけばどうなるのだろう。様子を見に行けば騒動に巻き込まれる。

逡巡《しゅんじゅん》する間も言い争う声が続いた。

岩屋はため息をつき、ドアを開けた。仲裁に入ってもと無視してもとばちりを受ける。キッチンのドアは開いていた。四人掛けのダイニングテーブルで妻と娘が向き合っている。妻の顔は真っ赤で、娘のほうは頬がひきつって見えた。

岩屋は妻に話しかけた。

「どうした。夜中に大声をだして」

「なにを」

「どうもこうもないわよ」妻が食ってかかる。眦《まなじり》がつりあがった。「あなたも言ってよ」

言って、岩屋は二人の間に座った。立って聞くわけにはいかないのはあきらかだ。テーブルに両肘をあて、娘を見た。

「なにがあった」

「式場の話よ」ふてくされて言う。「わたしひとりで挙げるわけじゃないんだから」

「そりゃそうだ」

相槌《あいづち》を打った。

直後に激しい音がした。妻が平手でテーブルを叩《たた》いたのだ。湯呑《ゆのみ》がはねた。

「あなたね」妻が顔を近づける。「いい加減な返事はしないで」

「そう怒るな。順序よく話してくれ」

岩屋は懇願するように言った。

「まったく」妻が小鼻をふくらませた。口をまるめて息をつき、言葉をたした。「この子ね、結婚式を岐阜で挙げるって言いだしたの」

「はあ」

頓狂な声になった。

都内のホテルを予約したと聞いていた。六月の大安吉日の予定である。

「式だけよ」娘が声を張った。「披露宴は東京でやります」

「どういうことだ」

「孝之《たかゆき》さんのご両親に頭をさげられたの。娘は嫁ぎ先で挙式したので、せめて息子は地元でやりたいと。涙を流して……仕方ないでしょう」

孝之は娘の婚約者だ。娘とはひと回り離れた三十九歳で、大学時代から東京に住んでいる。中堅の証券会社に勤務し、離婚歴はあるが子はいないという。

「一回目は東京だったのか」

「そんな言い方はないでしょう」娘が血相を変えた。「縁起でもない。一回目とか二回目とか、三回目もあるみたいじゃない」

「穿《うが》ちすぎだ」

岩屋は顔をしかめた。まともな会話はできそうにない。

「あるかもよ」妻が言う。「孝之さんがマザコンだなんて、びっくりした」

「おかあさん」娘が目をむく。「マザコンじゃない。親子の情の話よ」

「なら訊《き》くけど、わたしとあんたの情はどうなの。親戚はもちろんのこと、ご近所の方々にも日取りと式場を話してあるのよ。それを相談もなくひっくり返して。むこうの親のわがままは受け容れて、実の母親には恥をかかせて平気なの」

「相談してるじゃない、いま」

岩屋はちいさく頷《うなず》いた。

ようやく状況が読めた。週末を利用して娘が婚約者の実家を訪ねたのを思いだした。きのう遅くに帰宅したので、きょうの話し合いになったのだ。

「おかあさんは反対です。どうしてもと言うのなら、式をこっちで挙げて、こっちとむこうで披露宴をやればいいじゃない」

「だめ」

娘が何度も頭をふる。

「おまえ」岩屋は娘に声をかけた。「むこうでうんと言ったのか」

「……」

娘が頬をふくらました。代わりに、妻が口をひらく。

「そうに決まっているでしょう。この子は、あなたに似て身勝手なんだから」

岩屋はくちびるを曲げた。

とばちりの勢いが増しそうだ。ここまでは火傷《やけど》をしてしまう。酔いもさめ、穏やかな気分は吹っ飛んでしまった。が、この場を去ればのちのちも非難を浴びる。

「お茶をくれないか」

妻が横目で睨《にら》み、立ちあがった。

「おとうさん」娘が声を発した。「鳴ってるよ、ケータイ」

岩屋はドアのほうを見た。たしかに携帯電話が鳴っている。跳びはねるようにして席を立ち、廊下を駆けた。

自室に入り、左手で携帯電話をつかむ。官給のほうだ。右手で煙草のパッケージを持った。喫いたくて堪《たま》らなかった。キッチンでの喫煙はとがめられる。

「岩屋です」

言って、ライターの火をつける。

《わたしだ》低い声がした。上司の大塚《おおつか》係長だ。《傷害事件が発生した》

「場所は」

《六本木五丁目△の○×。駐車場だ》

「外苑東通から路地を入ったところですね」

《ああ》

「臨場します」

岩屋は煙草をふかした。むせそうになる。

《麻布署に行ってくれ》

「えっ」

《被害者がむかっている。もう着いたかもしれん》

「怪我《けが》の程度は」

《くわしいことはわからん。わたしもこれから行く》

岩屋は首をひねった。

奥歯にものがはさまったようなもの言いである。ぴんときた。

「わけありですか」

《そういうわけでもないが》声が沈んだ。《あとで話す》

「わかりました」

通話を切り、煙草を喫う。背に視線を感じ、ふりむいた。

娘が立っていた。

「おとうさん。おかあさんを説得してよ。お願い」

娘が顔の前で両手を合わせた。

「わかった」ほかに答えようがない。「でかけなきゃいけないから、折を見て」

「きっとよ」

言い置き、娘が背をむけた。

岩屋は視線をおとした。グラスに酒が残っている。あおるように飲んだ。

麻布署の四階にある刑事部屋はがらんとしていた。捜査一係の島にいるのは大塚係長ひとりだった。凶悪事件が発生した直後とは思えない。

岩屋は褐色のコートを手に近づいた。

「被害者は」

「上の応接室にいる」

「署長室のとなりの」

岩屋は目をまるくした。四階にも応接ソファはある。人目を気にしたのか。

「ああ。応急手当ては済んだと連絡があった」

「誰が訊問《じんもん》を」

「菊池《きくち》がいる。が、訊問は始めていない。おまえがやれ」

菊池俊介《しゅんすけ》は入庁三年目。去年の春に麻布署刑事課捜査一係に配属された。

「ほかの連中は」

「現場へむかった。うちの課長が指揮を執っているはずだ」

「直々に」声が詰まった。おどろきの連続である。「本庁の連中は」

大塚が首をふる。

「様子見だろう。足止めを食わされたかもしれん」

「どういうことです」

「被害者は設計会社の社長。黒井議員の義理の弟だ」

「……」

岩屋はあんぐりとした。それで合点が行く。同時に腹が立ってきた。

「議員が注文をつけたのですか」

「わからん。が、丁寧に扱え。被害者なんだ」

「努力します」

投げやりに返した。きょうは厄日か。胸でつぶやいた。

「上には」大塚が言う。「生活安全課の課長もいる」

「なぜです」

「被害者が連絡したそうだ」

「そんな勝手なことを」

声がとがった。癇癪玉《かんしゃくだま》が弾《はじ》けそうだ。

「怒るな。済んだことをとやかく言っても始まらん」

「課長には席をはずしてもらいます」

「もちろんだ。越権《えっけん》行為は許さん」

大塚が語気を強めた。

その台詞《せりふ》、本人に言ってください。言いそうになる。堪《こら》え、きびすを返した。


岩屋はゆっくり首をまわしてから応接室のドアを引き開けた。

壁を背にしたソファにずんぐりとした男が座っている。『桜場プランニング』の桜場だ。写真で見た。丸顔で、目鼻がおおきい。ダークグレーのスーツにブラウンのネクタイ。脚を組んでソファにもたれている。

手前のソファにもひとり。生活安全課の内林課長だ。体形は桜場に似ている。顔の造作は桜場よりも大雑把で、人を威圧するような雰囲気がある。五十七歳になったか。

「ご苦労様です」

ソファの脇に立つ菊池が声を発した。

「事情聴取は始めてなかったのか」岩屋はわざと訊き、内林にも声をかけた。「生活安全課の課長がどうしてここに」

「被害者とは懇意《こんい》にしている」

「ほう。どういう関係ですか」

「知らないのか」

内林の額に二本の横皺《よこじわ》が走る。不快そうな顔になった。

「予備知識は訊問の邪魔になります」

「都議会議員、黒井先生の義弟《おとうと》さんだ。わかったらとっとと訊問を済ませなさい」

言って、内林がソファの背に腕を伸ばした。

すかさず、岩屋は声をかけた。

「寛《くつろ》がれてはこまります」

「なにっ」

内林の眉がはねた。

気にしない。内林の気性が荒いのは知っている。

「部外者はお引き取りを。規則です」

「おまえ、誰にものを言ってる」内林が目でも凄《すご》む。「俺は被害者の関係者だ」

「まあまあ」桜場が口をはさむ。「課長、わたしは大丈夫だよ」

余裕をにじませたもの言いだった。が、笑みはなかった。頬骨のあたりが赤く腫れ、くちびるの端が切れている。

「デスクにいる」内林が言う。「おわり次第、連絡するように」

内林が靴音を響かせて立ち去った。

岩屋は、桜場の正面に浅く腰をおろした。

菊池がとなりに座り、ノートを開いた。

それを視認し、桜場を見据える。

「自分は麻布署捜査一係の岩屋。巡査部長です」桜場が頷くのを見て続ける。「あなたの氏名、住所、職業を教えてください」

「知っているだろう」

桜場がものぐさそうに言う。脚は組んだまま、ふんぞり返っている。

「これは正規の事情聴取です」

「ふん」

鼻を鳴らしたあと、桜場が答えた。

菊池が書き留めるのを待って質問を始める。

「では、お訊《たず》ねします。襲われたときの状況をくわしく話してください」

「クラブを出て大通りにむかう途中だった。いきなり二人の男があらわれ、両腕をつかまれた。駐車場に引きずられ」右手の人差し指を顔にむける。「この様《ざま》だ」

「クラブの店名と、出られた時刻は」

「ネネ。十時半は過ぎていたと思う」

「男らは声を発しましたか」

桜場が首をふる。

「人違いじゃないか。人に怨《うら》まれる憶《おぼ》えはない」

岩屋は眉をひそめた。

訊かないことまで喋《しゃべ》る者は胸に隠し事がある。が、話を先に進めた。

「二人の身長、顔つき、風体。憶えているかぎり教えてください」

「目出し帽を被《かぶ》っていた。暗かったし、いきなりのことで憶えてない」

「駐車場に連れ込まれ、無言で殴られた」

「そうだ」桜場がさもうっとうしそうに言う。「さっさとおわらせてくれ。あしたはゴルフで朝が早いんだ」

「これは事件です。ご面倒でも捜査に協力してもらいます」

「事件にしてくれとは頼んでない」

「はあ」

思わず顎があがった。

桜場が続ける。

「誰かが大声をだして、暴漢らは逃げた。わたしも立ち去ろうとしたのだが、野次馬に引き止められた。そうこうしているうちにパトカーが来たってわけだ」

「怪我をさせられたのに事件にしたくないとはどういうことです」

「こうして貴重な時間を奪われるのが嫌なんだ」脚を解き、桜場が背をまるめる。「事件にすればマスコミがうるさい。そう言えばわかるだろう」

「黒井議員に迷惑をかけたくないと」

桜場がこくりと頷き、口をひらく。

「で、面倒にならないよう内林課長に連絡した」

「課長はどう答えたのですか」

「言えん」桜場がまたソファにもたれた。「一介の刑事に話してもらちがあかん」

岩屋は首を右に左に傾けた。

ではおわりにしましょう。声になりかけた。胸に留《とど》め、口をひらく。

「どんな事情があれ、傷害事件を放置するわけには行きません。あなたにそうされる憶えがなくても、通り魔の犯行だとすれば再犯の恐れもあります」

「それはそっちの勝手だ。わたしには立場も都合もある」

「では、勝手に捜査を始めるということで……」

「待て」桜場がさえぎる。「揚げ足を取るな」

「職務を放棄するわけには行かない」岩屋は語気を強めた。じわじわと怒りがこみあがっている。「きょうのところはこれで。事実確認を行なったあと、供述調書を取らせていただくことになります。その折は捜査にご協力ください」

丁寧に言い、頭をさげた。のちのちのわずらわしさは避けたい。

「勝手にしろ」

ひと声はなち、桜場が腰をあげた。

ドアの閉まる音が響いた。

となりの菊池が顔をむけた。

「ほんとうにやるのですか」

「くだらんことを言うな。おまえも刑事だろう」

叱りつけるように言い、ポケットの煙草を手にした。

菊池が目をぱちくりさせた。


翌日の正午過ぎ、麻布署を出た。裏路地を歩き、芋洗坂をくだる。陽が射した。

岩屋は足を止め、空を見あげた。目を細める。太陽にぬくもりを感じる。

「ようやく極寒の冬もおわりのようですね」

菊池が言った。肩をならべている。

ことしの冬は寒かった。温暖化が進めば寒暖の差が激しくなるという。

歩きだした。足取りが軽くなった。

「係長は」菊池が言う。「気が乗らないみたいですね」

「誰でもそうなる」

岩屋はそっけなく返した。

さっきまで捜査一係の会議を行なっていた。昨夜に現場周辺で聞き込みをした連中の報告のあと、岩屋が被害者の供述内容を話した。最後に、大塚係長が麻布署上層部の判断が分かれていること、生活安全課の課長が捜査の中止を画策していることを告げた。

菊池が話しかける。

「上は事件性がないと判断するでしょうか」

「それはない。桜場が二人組に襲われたのは事実だ。複数の証言がある。防犯ビデオの映像もある。事実がマスコミに知れたら麻布署は叩かれる」

「そうですよね。自分はちょっと感動しました」

「はあ」

「圧力がかかっても先輩方はひるまなかった。捜査一係の矜持《きょうじ》を見ました」

「おおげさな。上層部の判断はともかく、内林課長の横槍《よこやり》は許せん。皆がそう思い、意地を張った。本音はばからしくてやりたくないだろう」

「岩屋さんも」

「おなじさ。が、事件は解決させる。それが刑事の務めだ」

「かっこいいです」

「ん」

岩屋は顔を横にふった。

菊池の目が輝いている。陽射しのせいかもしれない。これまで菊池のそんな表情は見たことがなかった。やる気があるのか、ないのか。無視していた時期もある。

芋洗坂をくだり切って信号を渡り、麻布十番商店街に入った。

六本木よりも人が多い。私服の女たちの姿が目につく。道端にランチメニューを記した看板がならんでいる。料理を陳列している店もある。眺めて立ち去る者もいれば、うれしそうな顔で店に消える者もいた。

途中で右折し、公園を横切る。目的地はもうすこし先にある。


三の橋交差点近くのカフェに入った。

こじゃれた店だ。店内はほぼ満席で、どの席も空き皿が目についた。

奥のテーブル席に女がいる。かたわらに赤いダウンジャケットがある。目印だ。麻布署を出るとき電話をかけた。

岩屋は近づき、腰を折って話しかける。

「ネネの美麗《みれい》さんですか」

女が頷くのを見て正面に座した。

菊池がとなりにちょこんと腰をかける。

ウェートレスが水とおしぼりを運んできた。

「コーヒーを二つ」

言うと、ウェートレスが伝票に書き込み、カレーライスの空き皿を手に去った。

美麗がアイスティーを飲み、煙草をくわえる。デュポンで火をつけた。

岩屋も喫いたくなる。我慢し、口をひらいた。

「麻布署の岩屋」小声で言う。「連れは菊池です」

「どうも」

そっけない返事だった。が、どうでもいい。身元の確認も必要ない。

昨夜の聞き込みで、同僚がクラブ『ネネ』を訪ね、履歴書のコピーを持ち帰った。記載事項の確認は取った。住所は港区南麻布二―〇―×△―六〇一。美麗は源氏名で、本名は原口正美《はらぐちまさみ》という。三十九歳。『ネネ』には五年勤めている。

「桜場プランニングの桜場社長はあなたの係だそうですね」

「そう」

「きのうのことですが、桜場さんはひとりで来店されたのですか」

「ええ。お店もわたしもひまだったからメールをしたの。来てって」

「それで……いいお客さんですね」

岩屋は笑顔で言った。

胸はひややかだ。夜の女に呼びだされ、のこのこ出かける男の気が知れない。

「まあね」

美麗のもの言いはあいかわらずだ。表情は変化に乏しい。

ウェートレスがコーヒーを運んできた。

手をつけず、岩屋は質問を続ける。

「お店でいつもと違う様子はなかったですか」

「おなじよ。お気に入りの女とたのしそうにしていた」

「あなたではない」

きょとんとしたあと、美麗が目で笑った。小皺《こじわ》が多い。肌も荒れている。

「わたしはただの係よ。社長のおめあてはミユウちゃん」

「どんな字ですか」

「心に結ぶ」

美麗が右手の人差し指を動かした。

菊池が手帳にボールペンを走らせる。

それを見て、岩屋は話しかけた。

「それでも心結さんは桜場社長の係にはなれない」

「そう。寝てもね。それが水商売のルールよ」

言って、美麗が煙草をふかした。

岩屋はコーヒーで間を空けた。煙草がほしくなる相手だ。

「何時に来て、何時に帰られたのですか」

「きのうの刑事さんに聞かなかったの」

「確認です」さらりと言う。「勤務中なので短い訊問だったと報告を受けています」

「九時半ごろ来て、一時間ほどいたかな」

「いつもそれくらいで帰るのですか」

美麗が首をふる。目が光った。

「何時に来てもラストまで。心結ちゃんとアフターに行きたいのよ。きのうは特別ね。ゴルフで朝が早いからって、未練たっぷりの顔で帰った」

「事件がおきたのをいつ知ったのですか」

「刑事さんが来たときよ。ほんと、びっくりした」

口ほどにおどろいてはいない。表情が元に戻った。

「そのあと、どうされましたか」

「えっ」

「桜場さんに連絡しましたか」

「もちろん。メールを入れたわ。でも、返信はなかった」美麗が顔を近づける。「で、どうなの。怪我の具合は」

「重傷ではなさそうです」曖昧に返した。「ところで、桜場さんとは長いのですか」

「一年が過ぎたかな。そうそう。初めは麻布署の方が連れて来たの」

「名前は」

「生活安全課の内林さん」

となりで「えっ」と声がした。無視する。

「内林課長もあなたの係ですか」

「そうよ。人から人へ。でなきゃ、やってられないもの」

岩屋は口を結び、頭を働かせた。

内林のことを訊くのは避けたほうがよさそうだ。この場のやりとりが内林に伝わるおそれがある。それに、美麗のほうから内林の名前をだしたのが気に入らない。思惑があってのことか。自分を牽制《けんせい》したのか。警戒心がめばえた。

「桜場さんですが、どの程度の間隔でこられるのですか」

「月二かな。多くて三回ね」

「ひとりで」

「きのうはたまたまよ。いつもは仕事関係の人を連れてくる」

言って、美麗が視線をおとした。テーブルに置いたスマートホンで時刻を見たのだ。

岩屋も質問を控えたい気分になった。

「ありがとうございました」

「もういいの」

拍子抜けのような顔で言った。

「結構です」

菊池を目でうながし、岩屋は伝票を持った。

近くのコンビニエンスストアまで走りたい。店のそとにスタンド式の灰皿が置いてあったのを思いだした。


雑居ビルのエレベーターで五階にあがり、バー『花摘』の扉を開けた。

「いらっしゃい」

あかるい声が届いた。

ママの詩織はフロアに立ち、花瓶に花を挿していた。

「悪いね、営業前に」

言って、岩屋はコートを脱いだ。

開店の準備は済んでいるようだ。照明も営業時間の光度になっている。

「いいんです。人がいるほうがほっとするし」詩織が近づいてきてコートを受け取り、クローゼットのハンガーにかける。「昼間に使ってもかまいませんよ」

岩屋は笑みを返し、カウンターのコーナーに腰をおろした。

詩織がカウンターの中に入る。おしぼりを差しだした。

「何にします」

「水割りを。薄目で」

ボトルはキープしてある。

詩織が棚のオールドパーを手に取り、水割りをつくる。

ひと口飲み、煙草を喫いつけたところに小栗がやってきた。約束の六時だ。

小栗は自分でダッフルコートをハンガーにかけた。

コーナーをはさんで向き合う。

「急に呼びだして済まない」

「とんでもない。いつでも歓迎です」小栗も煙草をくわえる。「俺も水割り」

水割りをつくり、乾きものをだすと、詩織は二人から離れた。仕事の話があるとわかっているのだ。シンクへ行き、包丁を手にした。

岩屋は小栗を見た。

「面倒な仕事を押しつけられたそうだね」

「……」

小栗の煙草を持つ手が止まった。

岩屋は続ける。

「さっき、署で近藤係長に耳打ちされた。きのうの夜の事件は知っているか」

小栗が首をふった。

岩屋は昨夜の出来事をかいつまんで話した。

「近藤係長は事件の背景が気になったんだろう」

最後に言い添え、岩屋はグラスを傾けた。

小栗が口をひらく。

「事件として扱うのですか」

「もちろん。傷害事件は親告罪じゃない。加害者が特定されれば怪我の程度によって示談ということもありうるが、加害者は逃走したんだ」

「うちの課長はどう言ったのですか」

「さあ。被害者は事件にしたくなさそうだったから、内林課長もその意に沿って動くだろう。が、上から圧力をかけられようとも、職務は放棄しない」

小栗がちいさく肩をすぼめたあと、左腕で頬杖《ほおづえ》をついた。

思案しているのか。気乗りがしないのか。

小栗の胸の内が読めない。岩屋はさぐりを入れるように話しかけた。

「そっちの事案と関係があると思うか」

「なんとも」気のない返事だった。「俺への指示は捜査ではなく、調査です。近藤係長はそのことも話したのですか」

岩屋は頷いた。酒と煙草で間を空ける。いつもの小栗とは違う。言葉数がすくないのはどういうわけか。小考したのち口をひらいた。

「質問はあるか」

小栗が瞳を端に寄せ、ややあって戻した。

「桜場の供述に矛盾点はありますか」

「おおいにある」即座に答えた。「桜場は、いきなり両腕を取られ、駐車場に引き込まれたと言った。が、一部始終を目撃していた人の証言は違う。会話は聞こえなかったが、短いやりとりのあと腕をつかまれたそうだ」

小栗は口をつぐんだままだ。

岩屋は話を続けた。

「誰かが大声をあげたので目出し帽の男らは逃げ去った。桜場はそう供述したが、目撃者は大声を聞いていない。駐車場に設置された防犯カメラが暴行現場を捉えていた。わずか十秒たらずの犯行だった」

「威《おど》しか」ぼそっと言い、小栗が頬杖をはずした。「二人が逃走したあとの様子も防犯カメラに映っていたのですか」

「さっき言った目撃者が駆け寄っている。そのとき桜場はハンカチをくちびるにあて、左手でケータイをにぎっていた。目撃者が大丈夫かと声をかけて手を肩におくと、邪険に払われたそうだ。そのあとすぐに五、六人の人が来て、桜場は囲まれた。現場を立ち去ろうとしたという桜場の話はほんとうかもしれない」

小栗の顔が傾く。面倒そうな表情になった。

岩屋は煙草をふかした。小栗に合わせるほうがよさそうだ。

ややあって、小栗が口をひらいた。

「内林には現場から電話をかけたのでしょうか」

岩屋は目をぱちくりさせた。部署の上司を呼び捨てにした。内林が気になるのか。傷害事案に興味が湧いてきたのか。疑念に蓋をし、声をだした。

「一一〇番通報で急行した警察官によれば、桜場はパトカーに乗る直前に電話をかけ、その警察官は内林に指示されたそうだ。丁寧に対応しろと」

「内林はどこにいたのです」

「ん」岩屋は眉根を寄せた。意外な質問だった。「わからん。俺が家から麻布署に着くまで約三十分。四階でうちの係長と話したときは応接室にいた」

小栗がまた頬杖をつく。眼光が増した。喫いかけの煙草が灰皿にある。

岩屋は短くなったそれを消し、小栗に話しかけた。

「内林が気になるのか」

「なんとなく」小栗が言葉をにごした。「どこのクラブです」

岩屋は目をしばたたいた。質問がころころ変わる。それにも対応するしかない。

「ネネという店だ。きょうの昼、係の女に話を聞いた」

「女の名前は」

「原口正美。店では美麗と名乗っている」

小栗がちいさく頷いた。

「知っているのか」

「顔と名前は。バーで内林と飲んでいるのを見かけたこともあります」

「ほう」岩屋は目をまるくした。「美麗は、内林課長の係でもあるそうだ」

「えっ」小栗も目を見開いた。「本人がそう言ったのですか」

「ああ。訊きもしないのに、自分から課長の名前を口にした。桜場を店に連れて来たのは内林さんだと……俺に圧力をかけているのかと疑ったよ」

小栗が目元を弛《ゆる》めた。初めての笑顔だ。

「あたらずとも遠からずかも」

言って、小栗が酒を飲み、あたらしい煙草に火をつけた。

岩屋は苛々《いらいら》してきた。ずっと辛抱している。訊きたいことが山のようにある。声にする前に、小栗が顔をむけた。

「すこし時間をくれませんか。岩屋さんに隠し事はしない。が、俺の事案との関連性を話すには情報がすくなすぎる」

「いいだろう」鷹揚《おうよう》に言った。煙草をふかして言葉をたした。「ところで、黒井事務所が調査を依頼した城之内って何者なんだ」

「極道……代紋は背負っていないが、神戸の五島組の身内のような男で、東京でしのぎをかけている。おなじ神俠会系列の金竜会が城之内の面倒を見ているそうです」

小栗が淡々と語った。

城之内への敵意も悪意も感じないもの言いだった。

小栗が言葉をたした。

「城之内と桜場はしのぎで対立関係にあるようです」

「なるほど」

声がでたときはもう小栗は視線をそらしていた。

その先に詩織がいる。

視線を感じたのか、詩織が顔をむけ、表情を弛めた。近づき、小栗に声をかける。

「おわったの」

「ええ」岩屋が答えた。「迷惑をかけたね」

退《ひ》き時は心得ているつもりだ。小栗と詩織の気質もだいぶわかってきた。

「ビーフシチュー、食べますか」詩織が笑顔で言う。「オグちゃんから連絡があったので、お家《うち》から持って来たの」

「ありがたい」声がはずんだ。昼飯ぬきだった。「ご相伴に与《あずか》ります」

小栗は耳に入らないような顔をして煙草をふかしている。

どうしてこの男が万年巡査長なのだろう。ときどき、そう思う。

★　★

ベッドで布団をかぶったまま手を伸ばした。コタツのテーブルをさぐる。携帯電話を開いて耳にあてた。相手は確認しなかった。
《寝てたのか》
男の声がした。聞き覚えがある。が、名前がうかばない。
《けっこう薄情なんだな》ひやかし半分のもの言いだった。《西村《にしむら》だ》
「おう、元気か」
しゃれたひと言はでなかった。が、目は覚めた。身体《からだ》を起こし、煙草を喫いつける。目覚まし時計を見た。午前八時を過ぎている。

《ああ。ひと仕事おえたところだ》

「もう」

《畑仕事は早いんだ。玉ねぎをつくっている》

「はあ」

間のぬけた声になった。

西村響平《きょうへい》は麻布署組織犯罪対策課四係に所属していた。去年十月、警察官射殺事件が発生したとき、加害者と親しい関係にあった西村は責任を取って警察官を辞めた。

小栗は、その事件に至る捜査の過程で西村と連携した。

——熊本の人吉《ひとよし》……俺の生まれ故郷……いずれ戻ってくるが——

引っ越しを見送ったさいの、西村の言葉を思いだした。

「実家は農家なのか」

《いや。おやじは大工だ。俺にはできん。で、休耕地を借りた》

笑いがこぼれそうになる。やくざから玉ねぎ。どうやっても結びつかない。

《四月に送ってやる。西村ブランドの第一作を》

「たのしみだ」声音を変える。「そんなことで電話してきたのか」

トラックを見送って以来、西村は初めて電話をよこした。

《山路先輩から電話をもらった》
西村の声音も変わった。
かつて山路は西村の上司だった。刑事だったころの西村の顔がうかんだ。いつも上等のスーツを着て、サングラスをかけていた。
西村が続ける。
《城之内にかかわっているそうだな》
「やつを知ってるのか」
煙草の灰がシーツにおちた。ベッドで胡坐《あぐら》をかいている。
《俺はマル暴担だったんだぜ。六本木の親分どもは城之内にぴりぴりしていた。なにしろ神戸の神俠会が分裂し、六本木は抗争の修羅場になると言われていたからな。地場の連中は城之内を五島組が送り込んだ鉄砲玉と思ったようだ》
「違うのか」
《わからん。が、俺がいるあいだ、もめ事はおこさなかった》
小栗はペットボトルを手にした。咽《のど》を鳴らして水を飲む。
《城之内がどうした》
小栗は口をつぐんだ。
やつが東仁会の連中に襲われ、重傷を負ったのは知っているか。訊きそうになった。頭をふる。西村のもの言いは否定している。山路は口が堅い。いまは民間人の西村にそんな話はしないだろう。
煙草をふかしているうちに声が届いた。
《山路先輩に頼まれた。城之内の何が知りたい》
「しのぎを知ってるか」
《野球賭博のノミは知ってるな》
「ああ」
《あれは郡司組の手伝いみたいなもんだ。メインのしのぎは建設会社の汚れ仕事。現場でのトラブルの仲裁……関西では捌《さば》き屋ともいう》
「どこの会社だ」
《根っこはゼネコンの北進建設》
「待ってくれ」小栗は滑りおちるようにして床に座り直し、ボールペンを持った。ノートをひろげる。「いいぞ」
《五島組は北進建設と手を組んでのしあがった。改正暴対法と暴排条例のおかげで腐れ縁は切れたといわれているが、裏ではいまもつながっている。赤坂にある上杉設計事務所を調べろ。図面屋の看板を掲げているが、実態は北進建設の前線基地だ》
「城之内はそこに雇われているのか」

《たぶん。何をやっているのか知らんが、城之内が上杉設計事務所に出入りしていたのは確認済みだ。所長の上杉芳美は北進建設の執行役員を兼務している。暴排条例ができる前は本社の総務部長だった。つまり、汚れ仕事の元締だ》

西村の口調はなめらかだ。情報の精度がわかる。

「助かった」

《いいってことよ。おまえには世話になった》

小栗は煙草で間を空けた。胸が軽くなったような気がする。

「そっちに根を張るのか」

《どうかな。おまえがくるなら納屋を貸してやるぜ》

「ものぐさに畑仕事ができると思うか」

《性根を叩き直してやる》

「根は細糸一本。叩いても手応えがない」

笑い声を聞きながら通話を切った。

とたんに身体が縮んだ。寒い。パジャマの上からスエットを被《かぶ》った。くわえ煙草でキッチンにむかう。コンロの火をつけ、薬缶の上で両手をひろげた。

コーヒーを淹《い》れてリビングに戻った。コタツは暖かくなっていた。

飲みながらノートを見た。

重い気分がよみがえってきた。

きのうは二時間ほどで『花摘』を出た。酒は気分と雰囲気で飲む。午後七時になって店の女たちが出勤しても会話がはずまなかった。岩屋に城之内の件を切りだされたときは不機嫌になりかけた。気配を察したのか、岩屋のもの言いには遠慮がまじった。いつもはずけずけとものを言う。自分が質問を拒むような表情を見せたのか。そんな些細《ささい》なことを気にする自分に嫌気がさした。

理由はわかっている。

先週の土曜、城之内と平野祐希の三人で食事をした。

前日に祐希から電話がかかってきた。

――こんにちは、平野です。あしたのご予定は――

――ない――

――つき合ってください。食べたいものはありますか――

――まかせる――

――では、中華料理店を予約します――

そんなやりとりだった。

そっけない返事をくり返したのは、祐希の声を聞いて、映像がうかんだからである。城之内が襲撃された直後にかかってきた電話で、小栗は祐希を六本木のバーに誘った。事情を聞き、祐希をタクシーに乗せたときの祐希の姿が瞼《まぶた》にこびりついた。祐希が両腕でバッグをかかえる様は愛する人の骨壺《こつつぼ》を抱いているかのようだった。

翌日、祐希が勤めるショーパブに行き、忠告した。

――あんたの身柄と城之内の命を交換するかもしれん――

あれは言うべきではなかった。いまも悔やんでいる。それどころか、中華料理店で祐希がたのしそうにしているのを見て、その思いが増した。祐希に誘われホテルのバーラウンジで飲んでいるあいだ、祐希にとって穏やかな日が続くのを願った。

ため息をつき、マグカップを持った。コーヒーが苦く感じる。思い直し、携帯電話を手にした。やることは幾つもある。

カフェテラスの折り戸パネルは閉じたままだった。きらきら輝いている。

小栗は空を見あげた。青く澄み、千切れ雲が駆けるように流れている。地上の風はゆるやかだ。わずかながらぬくもりがある。コットンのコートを着ればよかった。思うが、気にしない。季節を感じられるようになっただけでもめっけものである。

上司の近藤は奥の席にいた。頭髪がゆれている。空調の風があたっているのだ。

ウールのダッフルコートを脱ぎ、近藤の正面に座った。顔なじみのウェートレスにブレンドを頼んだ。煙草を喫いつけ、パッケージとライターをテーブルに置いた。

近藤は手を伸ばさなかった。様子を窺うように小栗を見つめている。

小栗は煙草をふかして口をひらいた。

「目やにがついてますよ」

「ん」

近藤が指を目尻にあてた。

「眠れないほど気にするようなまねをするからです」

「何の話だ」

むきになって言い、近藤が煙草に手を伸ばした。

「岩屋さんをけしかけて」顔を近づける。「どういう了見です」

近藤がむせた。眉尻がさがる。

「助っ人じゃないか。おまえにとって数すくない味方だろう」

「調査は極秘にやれ……そう言ったのはどこの誰です」

「状況が変わったんだ」近藤が威勢を取り戻した。「岩屋は桜場の傷害事案を担当する。俺が声をかけなくても、黒井事務所からの依頼の件はいずれ岩屋に知れる」

小栗は顔をしかめた。達者な口だ。いつも近藤にまるめ込まれる。

ウェートレスがコーヒーを運んできた。

フレッシュをおとして飲む。

近藤が口をひらく。表情が硬くなった。

「うちの課長のこともある。ここは岩屋と手を組むのがベストだ」

「組めばとことん行くはめになりますよ」目に力をこめた。「俺はともかく、岩屋さんの気性はわかっているでしょう。それでもいいのですか」

「かまわん」

近藤の声が弱くなった。

小栗はまた顔を寄せた。攻め時だ。

「内林課長の圧力をはね返せるのですね」

止《とど》めを刺すように言った。

近藤が眉間に深い皺を刻んだ。

小栗は姿勢を戻し、コーヒーカップを手にした。近藤の言質《げんち》を取る。そのために電話で呼びだしたのだ。視線をそらし、煙草をくゆらせる。

「よし」近藤が低く言う。「俺も男だ。二言はない。存分にやれ」

小栗は口元を弛めた。

聞きなれた台詞だ。骨は拾ってやる。あとに続くひと言は聞き飽きた。

「わかりました。勤勉な警察官の意地を見せてやります」

「その意気だ。で、調査は進んでいるのか」

「まったく」

あっさり返した。

ほんとうのことだ。桜場瑠衣の件も、脅迫電話の件も誰の仕業かわかっていない。そもそもむりがある。捜査でなければ防犯カメラの映像を回収することも、通話記録を確認することもできない。むろん、任意同行を求めての事情聴取も行なえない。

近藤の顔に落胆の気配はない。煙草をふかし、口をひらく。

「城之内はどうだ」

「気になる動きはありません」

よどみなく言った。

うそをつくのにためらいはない。『黒井義春事務所』からの依頼は城之内の身辺調査と監視である。身辺調査はやっても、監視はしていない。やる気がないのだ。誘拐未遂も脅迫電話も城之内がかかわっているとは思えない。

けさの西村からの情報も当面は伏せるつもりでいる。

近藤の言葉が頭に残っている。

――桜場と城之内の因果関係を徹底的に調べろ――

――らちがあかなければ、城之内を別件で引っ張れ――

近藤は本気だった。

そんなことをすれば依頼者の思う壺になる。『黒井義春事務所』が麻布署を動かしたのは城之内の動きを封じるためだ。それは西村の電話で確信した。

桜場を襲ったのもおなじ理由のような気がする。だがしかし、すべては推測である。だから、岩屋にも手持ちの情報を教えなかった。

「おい」

声がして、それていた視線を戻した。

「なんです」

「おまえがどんな手を使おうとも、俺はおまえを護る。が、黒井先生は相手にするな」

「約束できません」

「ばかもん」近藤が声を張った。「うちの課長とは役者が違うんだ」

「もしものときは骨を拾ってください」

「むりを言うな。そのときは、俺も骨になっている」

近藤が真顔で言った。

小栗は口を結んだ。もう言葉は要らない。

南島が小走りに戻ってきて、運転席のドアを開けた。

「います」声がうわずった。「先週見かけた男です」

「車か」

「はい。そとに出て、背伸びをしたので顔を確認できました」

小栗は首をまわし、煙草をふかした。

福西と南島に『黒井義春事務所』の高橋を見張らせた日に目撃した男だ。翌日に南島が事務所の近くに停まる車のナンバーを視認したことで、所有者を特定できた。安田秀人、三十七歳。三年前まで警視庁の警察官だった。おかげで、車の所有者と南島が目撃した男は同一人物であるのもわかった。

警察データによれば、安田は原宿に探偵事務所を構えているという。

「どうするのですか」

南島が訊いた。不安そうな顔になる。

「ついてこい」煙草を消した。「おまえは証人だ」

「えっ。職務質問をかけるのですか」

「連日のように怪しい車が路上に停まっていれば、近隣住民は不安になる」

「それはそうですが……」

南島が語尾を沈めた。瞳がゆれだした。

「おまえもフクとおなじか。意気地なしか」

南島がぶるぶると首をふる。

「まあ、むりにとは言わん」

小栗は言い置き、そとに出た。コートは車に残した。

路地角を折れた。つぎの角を右折した先に『黒井義春事務所』がある。

靴音がした。おおきくなる。南島が肩をならべた。

「勉強させてもらいます」

声は元気になっていた。

答えず、小栗は車に近づいた。白のプリウスはほこりを被っている。運転席のウインドーをノックした。窓越しに警察手帳を見せる。

ウインドーがおりた。

「なんです」

安田がぶっきらぼうに言った。

頬骨がとがり、窪《くぼ》んだ眼窩《がんか》に鈍く光る瞳を宿している。

「麻布署の者だ」小栗は手帳をジャケットのポケットに収めた。「不審な車が停まっていると、署に苦情の電話があった」

「ばかな」

安田が顔をゆがめた。あざけるように笑う。

「運転免許証と車検証を見せろ」

安田が言われたとおりにした。冷静な対応もできるようだ。

小栗は運転免許証だけを見た。「確認しろ」南島に手渡した。

安田が南島を見て視線を戻し、口をひらく。

「もっとまともなうそはつけんのか」

「どういう意味だ」

「そっちの坊やは見覚えがある。先週もここで見かけた」

「他人の空似だろう」ぞんざいに返す。「出ろ。つぎは身体検査だ」

「なにっ」

安田の眉がはねた。

「近くには都議会議員の事務所がある。警備を兼ねてのことだ」

「ふん」

鼻を鳴らし、安田がドアを開けた。

身体の線が細い。神経質そうな顔つきといい、いかにも捜査二課がむいている。が、警察官時代のデータは頭にある。酒癖、女癖が悪く、気性は荒いという。

安田が顎をしゃくった。

「ずいぶん態度のでかい刑事《デカ》だな」

「つまらん仕事をさせるからだ」

小栗は絡みつくように言った。喧嘩《けんか》を売っている。下手にでるわけがない。

安田がポケットをさぐり、煙草を取りだした。

「罰金は払うぜ」言って、喫いつける。「もういっぺん手帳を見せてくれ」

小栗は手帳を開いた。階級、氏名、手帳番号が記してある。

見て、安田が顔をあげた。

「部署は」

「生活安全課、保安係だ」

「保安の仕事じゃないだろう」

「くわしいな。警察の世話になったことがあるのか」

「おなじ釜《かま》の飯を食っていた。あんた、歳は」

「三十九だ」

「それで、巡査か」

「刑事おちの探偵よりはましだ」

「てめえ」

眦をつりあげ、安田が手を伸ばした。ジャケットの襟をつかまれる。

小栗は手首をつかんだ。外側に捻《ひね》る。安田の身体がういた。すかさず、鳩尾《みぞおち》に膝蹴りを見舞う。流れ作業だ。身体が覚えている。

安田がうめき、腰を折る。

小栗は両襟をつかんで引きあげ、安田を車に押しつけた。

「職務質問《シヨクシツ》に戻る。ここで何をしていた」

「俺のことを……」

「うるさい。質問に答えろ」

「仕事だ」

「答えになってない。依頼主の名前を言え」

「ことわる」安田が横をむき、唾を吐く。「守秘義務がある」

「いっぱしの口をきくな」小栗は両手を放した。「まあ、いい。消えろ。つぎに見かけたら引っ張る。わかったか」

「ああ」

安田がドアを開けた。

「返してやれ」

南島に声をかけ、小栗はきびすを返した。

路地を曲がったところで、南島が追いついた。

「うわさはほんとうだったんですね」

「はあ」

南島を見た。顔が上気している。

「切れたら手がつけられないと聞きました」

「ほかには」

「殺されても生き返る」南島がにこりとした。「小栗判官の末裔《まつえい》だという人も」

「そのとおり」

小栗はさらりと言った。

うわさの出処《でどころ》はわかった。小栗判官を持ちだすのは近藤か福西か。小栗判官は熊野伝説に登場する人物である。惚《ほ》れた女の身内に殺されるが、女が荷車で運ぶうちに生き返る。閻魔《えんま》大王が蘇生《そせい》させたという言い伝えもある。

「転属先を考え直すか」

「とんでもない」南島が声を張る。「部下になります。昇任試験に合格したら、小栗さんを部下にします」

「あ、そう」投げやりに返した。「フクと合流しろ。指示はだしている」

「小栗さんは」

「散歩する」

十分も歩けば麻布十番商店街に着く。頭をマッサージしてもらいながら電話が鳴るのを待つ。安田の依頼主が推察どおりの人物であれば連絡をよこすだろう。

マッサージ店の店長に見送られて、そとに出た。

電話は鳴らなかった。が、推察がはずれたとは思わない。

芋洗坂をあがる。陽が陰り、風がつめたくなった。ネオンが灯《とも》るのはもうすこし先だ。

六本木交差点を左折し、エスカレーターに乗る。二階の喫茶店に入った。

喫煙ルームの壁際の席に岩屋がいた。

近づき、話しかける。

「待ちましたか」

「ひまでね」岩屋が目で笑う。「あなたが頼りだ」

小栗は肩をすぼめて座り、ウェートレスにコーヒーを注文した。

岩屋が口をひらく。

「すっきりしたようだね」

「わかりますか」

言って、煙草を喫いつける。頭をもんでもらいました。そうは言えない。岩屋のひと言はあんがい本音かもしれない。マッサージがおわって電話をかけたとき、岩屋の声はあかるく感じた。連絡を待ちわびていたかのようだった。

「犯人の目星は」

「皆目」岩屋がそっけなく言う。「被害者が協力的じゃないからね。けさもケータイと会社に電話をかけたが、無視された」

「別件という手もあります」

「ん」岩屋が目を見開く。「そうか。協力してくれるのか」

「桜場に関しては、俺と別行動のほうがいいでしょう」

言って、小栗は桜場瑠衣が攫《さら》われかけた事案と『桜場プランニング』への脅迫電話の事案を詳細に教えた。

メモを取っていた岩屋が顔をあげる。

「先方はどちらも事件にする気がないのか」

「そのようです。黒井の事務所で、捜査ではなく調査だと念を押された」

岩屋が視線をそらした。思案顔になる。

小栗はコーヒーを飲み、煙草をふかした。あとは岩屋の話を聞く。訊かれたことには答える。迷いはない。近藤の目を見て吹っ切れた。

「その二つに」岩屋が言う。「城之内がかかわっているのか」

小栗は首をふった。

そう確信している。が、言質は取られたくない。

「城之内とはわけありのようだね」

「そういうことにしておいてください」

「いいだろう。城之内をはずして捜査する」

きっぱりと言い、岩屋が煙草をふかした。美味《うま》そうに見える。

小栗は話しかけた。

「知恵がうかんだようですね」

岩屋がにやりとした。

「まずは、防犯カメラの映像を回収し、通話記録を取る」

「ほう」

口がまるくなった。

想定外だ。意味はわかった。傷害事件にかこつければ書類上の手続きは通る。信明女子大周辺の防犯カメラの映像を解析し、『桜場プランニング』の電話の通話記録を調べる。そのあと、証拠を手に桜場と面談する。そういう絵図を描いたのか。

岩屋が話を続ける。

「そっちに迷惑は及ばないだろうか」

「ご心配なく。詰めの段階になれば同行します」

「心強い」岩屋が目を細めた。「コンビ復活だ」

「俺の案件と傷害事案は切り離してください。お願いします」

言って、小栗は頭をさげた。

「いらん気遣いは無用だ」

岩屋の声は力強かった。眼光が増している。一蓮托生《いちれんたくしょう》。四文字熟語がうかんだ。クビになってもかまわない。岩屋の目はそう告げていた。

小栗は腕の時計を見た。まもなく六時になる。

「あの男かな」

岩屋の声にふりむいた。

目が合うや、男が顔に笑みをひろげた。黒のダブルのスーツに黄土色のネクタイ。オールバックの髪は濡《ぬ》れたように光っている。クラブ『ネネ』の坂上《さかうえ》店長だ。

小栗は腰をあげ、岩屋のとなりに移った。

坂上が寄ってきて、身体を折る。

「小栗さん、おひさしぶりです」

「先だっては世話になった」

「とんでもないです」

坂上が顔の前で手のひらをふった。

年の初め、小栗は年少者雇用の風営法違反の容疑で六本木にあるキャバクラの家宅捜索を行なった。取り調べで十八歳未満と知りながら三人の女を雇っていることが判明し、経営者の身柄を拘束した。坂上の情報提供によるものだった。

坂上には貸しがある。三年ほど前のことだ。六本木の路上で不審な行動をとる女に声をかけた。その女は十七歳で、ドラッグの使用を認め、クラブ『ネネ』で働いていると供述した。小栗は『ネネ』にでむき、坂上から事情を聞いた。女は偽造身分証を使い、履歴書にうその記載をしていたことがわかった。

罪は罪だ。が、小栗は事件として扱わなかった。過失や義務違反など悪意のない微罪は看過してきた。おかげで、六本木には情報提供者が何人もいる。

坂上に席を勧め、岩屋を紹介した。

岩屋と坂上が名刺を交換するのを見届けて横をむいた。役目はおわった。

坂上がウェートレスにコーヒーを注文したあと、岩屋が口をひらいた。

「事件発生直後におじゃました捜査員の質問と重複するかもしれません」

「けっこうです。なんなりと」

「では、さっそく」岩屋が手帳を開く。「桜場さんは常連ですか」

「はい。月に二、三回はお見えになります」

「いつごろから」

「一年は過ぎたでしょうか」

「桜場さんの係は誰ですか」

「美麗……美しいに、麗しいと書きます」

坂上が丁寧に答えた。美麗はカフェで岩屋と会ったことを坂上に報告しなかったのだろう。あるいは、聞いていて知らぬふりをしたか。

「桜場さんは、その美麗という人から〈来て〉とメールをもらって店に行ったと。ホステスは営業中にそんなこともするのですか」

岩屋がまじめくさった顔で言った。

小栗は吹きだしそうになった。辻褄《つじつま》が合わなくなるので、岩屋は美麗の証言を桜場にすり替えた。知恵がまわるし、なかなかの芸達者だ。

「よくあることです」坂上が答えた。「店の状況によっては、黒服が担当のホステスにそう指示することもあります」

頷き、岩屋が質問を続ける。根掘り葉掘り訊ねて、美麗の証言のウラを取るのだ。

小栗は岩屋に背をむけるようにして煙草をふかした。

四、五分が過ぎたか。

「ところで、わが署の内林もネネで遊んでいるそうですね」

岩屋の声がし、坂上を見た。顔が強張《こわば》っている。

小栗もおどろいた。岩屋のほうから内林の名前を口にするとは思わなかった。

岩屋が続ける。

「内林は長いのですか」

「えっ、ええ」

坂上が視線をふる。

小栗は頷いて見せた。岩屋の胸の内は読めた。いつまで経っても坂上の口から内林の名前がでないことにいら立ったのだ。

「じつは」坂上が眉をひそめた。「桜場様は内林さんの紹介なのです」

「ほう」岩屋が目をまるくした。演技がこまやかだ。熟練の域に達している。「ということは、内林の係も美麗さんですか」

「はい」

「では」岩屋が前のめりになる。「内林はどなたが」

「……」

坂上が口をもぐもぐさせた。

また視線が合った。助けてくれと坂上の目が懇願している。

「その質問は」小栗は岩屋を見た。「事件と関係ないでしょう」

「そうだね」

岩屋があっさり返した。姿勢を戻し、煙草を喫いつける。

出番が来たようだ。小栗は坂上に話しかけた。

「都議会の黒井議員は知ってるか」

「ええ」声音も表情も戻った。「義理の兄だと……桜場様が店でも話されています」

「その兄と店に来たことは」

「あります。二度ほど。秘書の方も一緒で、秘書は女の子に名刺を配っていました」

坂上の目元が弛んだ。露骨な選挙運動に見えたのだろう。

「事務長はどうだ」

目をぱちくりさせたあと、坂上が頷いた。

「高橋さんですね」確認するように言う。「去年の暮でしたか、桜場様と一緒にお見えになりました。たのしそうにしておられました」

「その一回きりか」

「ええ。自分の記憶では……」

坂上が語尾を沈めた。予想外の話の展開に不安がめばえたのか。

小栗は畳みかけた。

「桜場、黒井、高橋。その誰かと内林が同席したことはあるか」

「ないですね」言って、坂上が首をかしげた。困惑しているようにも、思いだそうとしているようにも見える。「確かではありませんが、高橋事務長の席におじゃましたとき、内林さんの名前がでたように思います」

「高橋が言ったのか」

「ええ」

また坂上の表情が曇った。

小栗は話題を変えた。

「ところで、レッドカーペットを知ってるか」

「はい」坂上の声が軽くなる。「うちの姉妹店です」

「はあ」

間のぬけた声がでた。『レッドカーペット』は保安係が保管する資料で調べた。

「あそこの経営者はうちのママの子飼いでした。おととしの秋に独立を決意し、相談に乗ったうちのママが出資したのです」

「なるほど。ということは、むこうのスタッフとも交流がある」

坂上が頷く。にこやかな顔になった。

「うちから二人のスタッフと四人のホステスがむこうに移りました」

「どっちでもいい。こんどスタッフを紹介してくれ」

「お仕事で行ったことはないのですか」

「知ってのとおり、ものぐさだからな。あたらしい店には足がむかん」

「そうでしたか。では、近いうちに一席設けます」

「おい」小栗はわざと声を強めた。「岩屋さんの前で言うことか」

坂上が首を縮め、手のひらを頭にあてた。

岩屋はにこにこしている。

小栗は言葉をたした。

「桜場だが、レッドカーペットでも遊んでいるのか」

「さあ。そういう話は聞いていませんね。確認しましょうか」

坂上が上着のポケットから携帯電話を取りだした。

「いや、いい。直に聞く。この話、むこうには伝えるな」

「わかりました。で、ご都合のいい日は」

「いつでもかまわん。日時を決めたら連絡をくれ」

坂上が頷くのを見て、顔を横にむけた。

岩屋が口をひらく。

「お時間を取らせました。ありがとうございます」

「お役に立ちましたか」

「もちろん」

「よかったです」

坂上が礼をして立ち去った。

小栗はテーブルに手を伸ばした。

一瞬早く、岩屋が伝票を取った。

「わたしの仕事だ」岩屋が言う。「レッドカーペットが気になるのか」

「なんとも」

小栗は言葉をにごした。

南島が目撃したのは『黒井義春事務所』の高橋事務長である。が、高橋が『レッドカーペット』で同席していたという男が気になっている。


麻布署に戻るという岩屋と別れ、外苑東通を飯倉方面に歩いた。

真っ赤なダウンジャケットが目に入った。黒人のマックだ。

「ヘイ、オグさん。元気」

いつも陽気な声だ。日本語も達者になった。きょうも軽やかにステップを踏んでいる。

「貧乏ゆすりはやめろ」

マックがきょとんとした。

「なに、それ」

「スマホで検索しろ。またな」

小栗は左拳をマックのボディにあてた。

マックがおおげさにうめく。挨拶のようなものだ。

路地を左折し、ゆるやかな坂をくだる。雑居ビルの五階にあがった。


「いらっしゃいませ」

あかるい声に、小栗は足を止めた。

カウンターの中に明日香もいる。時刻は七時前だ。

「早いな」

「料理を覚えたいって」

言って、詩織が出てきた。コートを取り、クローゼットに入れる。

小栗はいつもの席に座った。

明日香がおしぼりを差しだした。

「そのうち、わたしの料理も食べてください」

小栗は笑顔で頷き、煙草をくわえた。

ほどなく福西が来た。コーナーをはさんで座る。明日香に笑顔を投げた。

小栗は頬杖をつき、話しかけた。

「南島は」

「署に戻りました。直にくると思います」

福西がラフロイグのボトルを指さした。

「明日香ちゃん。俺、水割り」

しまりのない顔になった。ひと口飲んで、顔をむける。

「上杉設計事務所はしごくまともな会社のようです。資本金一千万円で、社員八名、契約社員三名。主な取引先には、ゼネコンの北進建設を筆頭に、大手不動産会社、電鉄会社など、実績のある企業が名を連ねています」

「所長の顔を見たか」

「ええ」福西がポケットをさぐり、写真をカウンターに置いた。ネット上のものをコピーしたという。「実物はもっと温和な顔をしています。昼休みに社員とおぼしき二人の女性と出てくるのを見ました」

小栗は反応せず、煙草をふかした。

けさ、熊本に住む西村から電話をもらったあと福西に連絡し、『上杉設計事務所』の概要と業務実績を調べ、赤坂の会社に張りつくよう指示をだした。理由の詳細は言わず、城之内と関係のある会社とだけ告げた。

福西が話を続ける。

「あんなぶっそうな男とかかわりがあるなんて、とても信じられません」

「裏の顔を表にだすようでは組織の上に立てん」

福西が目をぱちくりさせた。顔を近づける。

「なるほど。で、裏では何をしているのですか」

「親会社の北進建設は昭和の昔から神戸の五島組とつながっているらしい。暴排条例ができたあと、北進建設は五島組との腐れ縁を上杉設計事務所に引き継がせた」

「城之内は」

つぶやくように言った。悪い予感がひろがったのだ。

「そう。組員ではないが、五島組長の身内だ」

「それならそうと早く教えてください」

「言えば、おまえは逃げる」

「逃げません。状況によっては高熱をだして休むかもしれませんが」こともなげに言う。不安そうな気配は消えた。「どうして教えてくれたのですか」

「おまえの代わりがあらわれた」

「ええっ」福西がのけ反る。「まさか」

「その、まさかよ」

澄ました顔で言い、視線をふった。

明日香が包丁をにぎっている。詩織がやさしい目で見ていた。

グラスを傾けてから、小栗は口をひらいた。

「料理を覚えるそうだ」

「いいですね」

福西が顔をほころばせた。表情がころころ変わる。カメレオンも真っ青だ。

小栗は明日香に声をかけた。

「フクにも食べさせるのか」

「もちろんです」明日香が声をはずませる。「お店に来ていただければ」

となりで音がした。

福西がずりおちそうになっている。

それを見て、詩織が笑った。

同時に、扉が開いた。

「南島さん、いらっしゃい」

詩織が声をかけると、南島が頰を弛めた。

南島はダッフルコートを着ていた。モスグリーンのハーフ丈だ。

明日香が出てきて、コートを受け取った。

「遅くなりました」

言って、南島が福西のとなりに腰をおろした。

「着替えに帰ったのか」

「はい」南島が答える。「制服ではまずいでしょう」

「ん」

小栗はすぐにひらめいた。

福西と南島が合流したあと、飯倉片町に行くよう指示を変えた。北進建設が計画する複合施設建設予定地の様子をさぐらせるためだ。

地域課の者が制服を着て、書類を手に訪ねれば、たいていの住民は質問に答える。南島はそう考えたのだ。小栗には思いつかなかった。

「予定地はかなりひろいです」南島が言う。「営業している店舗と民家を訪ねました。土地売却の話はでませんでしたが、ほとんどの人はそれを認めるような口ぶりでした」

「例外もいたようだな」

南島の目がおおきくなる。

「はい。気になる話を聞きました。割烹店《かっぽうてん》のご主人なのですが、それとなく複合施設建設の話をむけると急に表情を変えて……そんな話は知らないと。どこからそんな話を聞いたのかと問い詰められました」

「どう答えた」

「うわさ話だと濁しておきました」

言って、南島がグラスを手にした。美味そうに水割りを飲む。

小栗はタンブラーを空にした。

詩織が寄ってきた。氷を入れ、ボトルを傾ける。

「頼もしいね」

言って、すぐに離れた。

小栗はタンブラーをもてあそぶように氷をゆらし、ゆっくり咽に流し込んだ。

「フク。上杉と料理屋の主、どっちを見張る」

「料理屋です」

間髪を容れずに答えた。

「頼む」南島にも声をかける。「おまえは上杉設計事務所に張りつけ。出入りする者をチェックし、所長の上杉が外出すればあとを追え」

「わかりました」

南島も即答した。

福西の首が傾き、眉根が寄る。ややあって、声を発した。

「待ってください」

「どうした」

「もしかして、飯倉の料理屋は土地売買のことでごねているのでしょうか」

「知らん」

「とぼけないでください」福西が声を強めた。「それならどうして見張るのですか」

「気になる」

「やっぱり」福西がうらめしそうな目をした。「城之内は上杉設計事務所に依頼されて飯倉の案件を手がけている。だとすれば、土地買収でごねている料理屋は城之内の交渉相手ということになりませんか」

「知恵がまわるじゃないか」

小栗はからかい半分に言った。

福西がため息をついた。肩がぬけるほどにおちる。

「どうする。変更か」

「いいえ。どっちもどっちでしょう。おなじ推論の上に立てば、城之内は雇主の上杉とも会う。狂犬からのがれられないということです」

言って、福西が頬をふくらませた。

となりで、南島が笑いを嚙《か》み殺している。

小栗はそっぽをむいた。

ずっと、つぎの一手を考えている。福西と南島への指示は考えがまとまるまでのつなぎのようなものだ。あたりがあれば儲けもの。その程度である。

それよりも、いまは城之内から連絡がないほうが気になる。

翌朝、小栗は、中目黒駅を横目に坂をあがった。かなりの勾配だ。きょうも陽射しがある。冷たい風にも春のにおいを感じた。それで気分が変わり、歩きたくなった。代官山の交差点にさしかかると息があがった。ものぐさが祟《たた》り、身体がなまっている。麻布署の道場にも足を運ばなくなってひさしい。

交差点を右折する。コートを脱いで手に持ち、路地を曲がった。

グレーのマンションのエントランスに入り、メールボックスを見た。前回とおなじ、五〇二のプレートは白紙だった。

息をつき、数字のボタンを押した。声はなく、自動ドアが開いた。

五〇二号室のリビングに入った。

二十平米ほどか。中央に白木造りの座卓、左にセミダブルのベッド。テレビ画面と向き合うようにリクライニングの籐椅子《とういす》がある。白と黒のストライプ柄のカーテン。記憶にある光景と一ミリのずれもないように感じた。

城之内六三がキッチンから戻ってきた。

「これで辛抱せえ」

面倒そうに言い、お茶のペットボトルとグラス二つを座卓に置く。立ったまま煙草を喫いつけたあと、城之内が籐椅子に座った。

白の立て襟シャツに黒のズボン。おなじシャツしか着ないのか。ふと思い、視線をずらした。ドア近くのハンガーラックに黒の上着が吊るしてある。

――オフィスには行かん。用があるんなら恵比寿の部屋にこい――

自室からかけた電話で、城之内にそう言われた。

小栗は座卓に腰をおろし、二つのグラスにお茶を注いだ。

煙草をふかし、城之内が口をひらく。

「何の用や」

「俺に話はないのか」

「はあ」城之内が眉をひそめた。が、すぐ表情を崩した。歯が白い。「あんた、疑心暗鬼になって連絡してきたんか」

「安田秀人。おまえが雇った探偵だな」

どうやら意思は通じたようだ。

「ああ」

「俺が、黒井の事務所の前から追い払ったことは」

「報告は受けた」そっけなく言い、煙草をふかす。「痛めつけたんか」

「挨拶程度だ」小栗も煙草をくわえ、火をつける。「腹は立たないのか」

「しょうもないことを訊くな。あんたのことや。遅かれ早かれそうなると思うてた」

「おまえのしのぎに差し障りは……」

「ない」城之内が語気を強めてさえぎる。「やつは俺の目や。しのぎの中身も知らん。臨時雇いの探偵は直にお払い箱や」

「片づきそうなのか」

「あほなことを。そう簡単に事が運ぶんなら俺に声はかからん」城之内が腕を伸ばし、お茶を飲んだ。煙草をふかして続ける。「どこまで知った」

「赤坂にある上杉設計事務所の依頼で飯倉片町の案件に絡んだ」

小栗は迷いなく言った。城之内を相手に駆け引きはしない。

城之内は表情を変えなかった。想定内なのだろう。

「用件を言う。今週の月曜の夜、どこにいた」

「アリバイか」城之内の眼光が増した。「なにがあった」

「知らないのか」

「なにを」

「桜場プランニングの社長が襲われた」城之内の眉がはねるのを見て続ける。「六本木で二人組に襲われた。目出し帽を被っていたそうだ」

「死んだわけじゃなさそうやな」

城之内が目で笑う。あざけるようにも見えた。

「顔に二箇所。かすり傷のようなものだ。十秒たらずの犯行だった」

「ふーん」

城之内が椅子にもたれた。

小栗は座卓に肘をつき、下から覗くように見た。

「月曜の午後十時半ごろのアリバイはあるか」

「ない。ここにおった」

「証言してくれる人は」

平野祐希を意識しての質問だった。

「おるわけない。ここには誰も入れん」

「心あたりはあるか」

「くだらん質問やのう」城之内が前かがみになる。「なんで桜場の話をした。俺のしのぎに興味があるんか。それも仕事か」

「なりゆきよ」ぞんざいに返した。「ものぐさだと言っただろう」

「それならなんで俺にかまう」

「それもなりゆきみたいなもんだ」

言いおわる前に座卓の上の携帯電話が鳴った。

城之内が手に取り、耳にあてる。

「なんや……しょうもないことで電話してくるな。来客中や」

通話を切った。

祐希か。小栗は言いかけてやめ、別のことを口にした。

「ついでに教えてやる。桜場は事件にはしたくないようだ」

城之内が鼻を鳴らした。どうでもいい。そんな顔をしている。

「ひまつぶしはここまでや」

言って立ちあがり、城之内が上着を着る。

小栗も腰をあげた。

「でかけるのか」

「一々うるさいわ」城之内の顔は笑っている。「これから、たのしいランチや」

小栗は首をかしげた。

——あほなことを。そう簡単に事が運ぶんなら俺に声はかからん——

さっき聞いたばかりだ。しのぎの件でなければ何だろう。

疑念がひろがる前にはっとした。

——城之内が襲われた件だが、あれは手打ちになるそうだ——

バー『山路』で聞いた言葉を思いだした。

城之内はもうリビングを出ていた。

★

★

スーツの両襟を引き、城之内六三は防犯カメラのレンズを見た。

ドアが開き、坊主頭の男があらわれた。

「お待ちしていました」

郡司の乾分《こぶん》だ。玄関に靴が行儀よくならんでいる。先客がいるのだ。

靴を脱いだところで動きを止められた。

「きょうは特別です」坊主頭の男が言う。「身体を検《あらた》めさせてください」

城之内は両手を頭のうしろで組んだ。顎をしゃくる。見知らぬ男がいる。

「誰や。こいつは」

「長谷川さんのお身内です」

「そうかい。キンタマはあるんか」

「なんだと」

見知らぬ男が眦をつりあげる。が、動かなかった。

「どうぞ」

坊主頭に言われ、城之内は奥へむかった。

応接室のソファで二人が向き合っていた。郡司と長谷川。東仁会若頭の長谷川とは初対面だが、顔は写真で知っている。櫛目《くしめ》の入った短髪に縁なしメガネ。強面《こわもて》のやくざというふうではない。知り合いの投資家に顔つきが似ている。

二人の背後に、男が突っ立っていた。どちらも絵に描いたようなやくざ顔だ。

「そこに座れ」

郡司が一人掛けのソファを指さした。

若者がお茶を運んできた。

「こっちにも灰皿をくれ」

言って、煙草をくわえた。

長谷川が顔をゆがめた。挨拶を済ませていない。

「無作法なやつで」郡司が長谷川に言う。「大目に見てください」

長谷川が頷いた。

「おい」郡司が顔をむける。「名乗ったらどうだ」

言われ、長谷川を見据えた。

「城之内や」

ぶっきらぼうに言った。相手は詫《わ》びる側だ。下手にはでない。

「長谷川だ」

長谷川が慇懃《いんぎん》に返した。顔はひきつったままだ。

「和議の席だ。おだやかに行こう」郡司が笑みをうかべた。「組どうしの手打ちとは違う。で、覚書を用意した。まずは読んでくれ」

城之内は視線をおとした。三人の前に罫紙《けいし》がある。

覚書は〈甲　城之内六三〉〈乙　長谷川武士《たけし》〉から始まっていた。内容は郡司から事前に聞いたとおりだった。

「異存がなければ、双方、署名、捺印《なついん》をしてください」

郡司が丁寧に言った。

長谷川を意識してのことだ。金竜会と東仁会は互角の勢力である。やくざ社会の格でいえば、若頭の長谷川のほうが上だ。

だが、二人の立場は近い日に逆転する。

それがわかっているから長谷川は郡司の仲裁を受け容れたのだ。やくざも先を読む。顔を立てれば見返りを得ることもある。

城之内は顔をあげ、凄むように長谷川を見た。

「島田組の処分は」

「若頭の宮沢《みやざわ》を破門にした。それで充分だろう」

ねっとりとしたまなざしをぶつけてきた。

「納得できんな」

「なにっ」

「仕掛けたんは島田や」

「図に乗るなよ」長谷川が顔を近づける。「堅気とのもめ事で身内を処分するやくざがどこにいる。宮沢の破門も郡司さんの顔を立ててのことだ」

「まあまあ」郡司が割って入る。城之内に顔をむけた。「別件とはいえ、島田は拘置所にいる。そんなやつを処分するのは情がなさすぎる」

「ほな、この場で島田の代わりに詫びを入れてもらいますわ」

「舐めるな」

長谷川が咆哮《ほうこう》し、目の玉をひんむいた。

城之内は動じない。首をまわして口をひらいた。

「この和議、破談にしてもよろしいで」

「なんだと」

長谷川の身体がゆれる。いまにも飛びかかってきそうだ。

「わいは無所属や。気兼ねはいらん。命がほしけりゃ、いつでも獲《と》りにこんかい」

「てめえ」

長谷川の腰がうく。うしろに立つ男が一歩踏みだした。

「よさないか」郡司が破声《われごえ》をはなった。「城之内、長谷川さんに詫びろ。俺の顔に泥を塗る気なら、俺が相手になる」

「そうでっか」

言って、城之内は上着を脱いだ。右手でライターを持ち、炎を左肩に近づけた。シャツが焦げる。穴が開いたところで火を消し、シャツを引き裂いた。

刺青《いれずみ》が覗いた。満開の枝垂桜だ。

「わいの代紋が傷ついた。それでも堪えてますのや」

「わかった。服を着ろ」郡司が顔をゆがめる。「長谷川さん、見てのとおりです。どうしようもないやつで……俺に免じて、この場のことは水に流してくれませんか」

郡司が頭をさげた。

「あなたも苦労するね」

長谷川が用意してあった筆ペンを持った。

城之内は自前の万年筆で署名した。

長谷川が捺印し、顔をあげる。

「これで肩の荷がおりた。先に失礼させてもらうよ」

長谷川の目元が弛んだ。

郡司が口を曲げ、肩をすぼめた。

つまらん芝居を見せられた。

城之内は胸でせせら笑った。骨のないやつらだ。


郡司組の事務所を出たあと、まっすぐ恵比寿の部屋に戻った。

スエットに着替えてコーヒーを淹れ、籐椅子にもたれた。コーヒーを飲むたび神経が弛んでいく。ふかした煙草も美味く感じる。

足枷《あしかせ》がはずれた。島田組の宮沢が破門になったと聞き、やることが明確になった。郡司は飯倉片町の案件には手を突っ込まないだろう。これまではなにかと城之内のしのぎにちょっかいをだしていたが、今回は大願成就を間近に控えている。手をだすどころか、さらなる面倒がおきないことを願っているに違いない。

これで仕事がはかどる。そう思うと自然に笑みがこぼれた。が、問題もある。依頼主の『上杉設計事務所』と、その親会社である『北進建設』の思惑が気になる。

なぜ、『北進建設』の古川総務部長は『黒井義春事務所』の高橋事務長と昼食を取ったのか。どちらが接近したのか。あるいは黒井議員の意思が働いたのか。

最後の疑念は打ち消した。

東京都議会は委員会審査の真只中だ。数日後には都議会が始まる。豊洲市場の移転問題は混迷の度を増し、議会は元都知事の証人喚問を決めた。議員らの動きは制限される。七月には都議会議員選挙を控えているので面倒な案件には手をつけないだろう。

欲得で動くとすれば秘書か事務長か。カネのにおいを嗅げば、連中は議員に相談せず、独自に動く。これまで手がけた案件でもそういう連中を相手にした。おそらく、麻布署を動かしたのも高橋の独断だと思う。理由は簡単だ。桜場の娘の件と脅迫電話。それにかこつけて自分の動きを封じようとした。そう読んでいる。

桜場が襲われたのもおなじ理由か。だとすれば茶番かもしれない。

何者かが警察を使って自分の自由を奪おうとしている。それは確かだ。

直に正体を暴いてやる。

胸でつぶやき、城之内は息をついた。

携帯電話が鳴りだした。

座卓に腕を伸ばし、携帯電話を開いた。神戸の五島だ。

やけに早い。苦笑が洩れた。携帯電話を耳にあてる。

「俺です」

《おわったそうやな》

機嫌のよさそうな声だ。

「覚書を交わしました」
《そうか。これでようやく前に進めるわ》
「金竜会の跡目の件ですか」
《あすの執行部会で金竜会の代替わりと郡司の本家直参入りが議題にあがる》
「すんなりですか」
《反対するやつはおらんやろ。郡司はぬかりがない。目配りが利いとる》
城之内は頷いた。意味はわかる。
本家だけではなく、執行部の連中に金品を上納したのだ。いまどきの極道はカネがなければ出世はおぼつかない。組どうしのもめ事もカネで収まる。
《おまえは》五島が言う。《しばらくのんびりせえ》
「そうもいかんのです」
《どういうことや》
「上杉に急《せ》かされてますねん。のんびりしてたら、しのぎが消えます」
《俺が上杉に話をつけたる》
「おやっさんは動かんほうが……自分で何とかします」
《それならええけど、騒ぎはおこすな》
「もう組が出張ってくることはないと思います」

《わかった。面倒になりそうなら連絡をよこせ》

返事をする前に通話が切れた。

携帯電話を見つめながら、城之内は首をかしげた。

なぜ五島は電話をよこしたのか。郡司からの報告を確認するためとは思えない。虚偽の報告をすれば、郡司に明日はないのだ。

――騒ぎは起こすな――

あのひと言のために電話をよこしたのか。

疑念はひろがらなかった。やることは決めている。たとえ五島に何を言われようとも、決断がゆらぐことはない。


車を駐車場に停め、そとに出た。

あたりは闇に包まれている。駐車場は住宅街の路地角にある。所在地は品川区西五反田三丁目○×－△。東急目黒線不動前駅の近くだ。

路地向かいに建つマンションを見た。八階建て。このあたりではおおきい集合住宅のようだ。その五○二号室の住人に用がある。正確にいえば、住人の同居人だ。島田組を破門されたばかりの宮沢隆夫《たかお》は佐藤京香《さとうきようか》という女の部屋に住んでいる。

――やつがでかける――

探偵の安田から連絡があった。籐椅子でうとうとしていた。顔を洗い、着替え、愛車に乗った。運転中にも電話が鳴った。

――駅前の焼鳥屋に入った――

ひとりでカウンターにいる。コートの下はジャージの上下だったと言い添えた。

その電話から二十分が過ぎた。続報はない。

城之内は携帯電話を手にした。

「まだ焼鳥屋か」

《ああ。長っ尻なのかな。こっちはケツが冷えてるというのに》

ひと言も二言も多い。

「これからむかう。五分あれば着く」

通話を切った。

駐車場を出て、駅にむかう。焼鳥屋はスマートホンで検索した。路上にはちらほら人がいた。ほとんどがひとりで、足早に歩いていた。家路の途中なのか。

雑居ビルの敷地に安田を見た。身をすくめ、壁にもたれている。

そばに寄り、声をかけた。

「ひとりなんやな」

「ああ。あんたからの電話のあと中を覗いた。寛《くつろ》いでやがった」

安田が腹立たしそうに言った。

「女は」

「店に電話を入れて確認した。予約は十一時半までと言われた」

佐藤京香は川崎市堀之内のソープランドに勤めている。

腕の時計を見た。まもなく午後九時になる。視線を移した。古そうな木造二階建ての軒下で赤提灯《あかちょうちん》がゆれている。

「店は何時までや」

「ラストオーダーは九時半と書いてあった」

「きょうはこれまでや」

「いいのか」

安田が意外そうな顔をした。この先の展開を勝手に想像していたのか。

城之内はジーンズのポケットから万札の束を取りだした。

「口止め料や」五万円を渡した。「ソープランドで尻を温めろ」

安田が目をぱちくりさせた。

「やくざの女と……」

「はあ」首が傾く前に気づいた。勘違いだ。「好みなら抱かんかい」

言って、城之内は煙草をくわえた。手のひらで風をさえぎり、火をつける。

靴音がした。ちいさくなる。安田の背中が闇に消えた。

たしかに底冷えがする。昼間のぬくもりがうそのようだ。自動販売機で買った温かいお茶のペットボトルはすぐに冷めた。吸殻を入れ、あたらしい煙草をくわえる。

音がした。焼鳥屋の格子戸が開いたのだ。

城之内は壁に隠れた。

夜目にも宮沢とわかる。ボタンをはずしたコートに両手を突っ込み、肩をゆすりながら歩きだした。女と住むマンションに帰るようだ。

城之内は十メートルほど距離を空け、靴音を立てずに歩いた。数はすくなくなったが、路上には人がいる。民家が密集している。

宮沢が駐車場にさしかかった。路地角を過ぎればマンションに着く。

城之内は距離を詰めた。革のジャンパーのファスナーを開く。右手を懐に入れる。つめたい感触があった。革鞘《かわざや》のフックをはずした。

宮沢はふりむかない。ポケットから右手をだした。鈍く光るものを見た。鍵のようだ。それをゆらしながら路地角を過ぎる。

城之内は足を速めた。右後方から接近する。左腕を伸ばした。宮沢の首に絡める。右手のサバイバルナイフを脇腹に突きつけた。

「あっ」

あとは声にならない。宮沢が目を見開いた。

「部屋に行け」

「てめえ」かすれ声がした。「何のまねだ」

城之内は右手に力をこめた。

うめき声が洩れた。

「かすり傷や。わいの傷よりはるかに浅い」

宮沢が顔をゆがめた。左手が動く。

「肝臓を抉《えぐ》られたいんか」

サバイバルナイフの柄を捻る。

「やめろ」声がふるえた。「頼む。やめてくれ」

「うるせえ。とっとと行けや」

マンションから女が出てきた。若い。手にトートバッグをさげている。ちらっとこっちをむいたけれど、何も見なかったような顔で歩きだした。

背中を蹴り飛ばした。

宮沢がつんのめる。覆いかぶさるようにして床に押しつけた。宮沢の右腕を捻《ね》じ曲げ、手首にビニールの紐《ひも》を巻きつける。ポケットに入れてきた。左手も縛りつけ、コートを半分脱がせた。もう両腕は使えない。頭髪をつかんで身体を起こし、床に座らせた。

城之内はテーブルに腰をおろした。煙草を喫いつけ、室内を眺めた。

二十平米はある。部屋はきれいに片づいていた。オフホワイトとブラウンのストライプ柄のコーナーソファ、ダークブラウンのサイドボード。ベージュのクッションにモスグリーンのカーテン。女の趣味か。右手の壁に九十インチのテレビが掛かり、その下にはコンポデッキとローチェストが配してある。女の稼ぎはよさそうだ。

「おい」

声がして、視線をふった。

「こんなまねをしやがって」宮沢の声はうわずったままだ。が、やくざ顔に戻っている。

「ただで済むと思うなよ」

笑いそうになった。悪あがきの台詞は耳に胼胝《たこ》ができるほど聞いた。

城之内は、宮沢のジャージのファスナーを引きおろした。白いTシャツの下半分が血に染まっている。出血は多くなさそうだ。

宮沢が腰をひねって後ずさる。

「傷口がひろがる前に白状せえ」城之内は小型のボイスレコーダーをテーブルにのせ、煙草で間を空けた。「わいは誰や」

「知るか」

右腕が伸びる。拳が顔面を捉えた。グシャと音がし、鼻血が滴る。

「てめえ」宮沢が上目遣いに睨む。「殺すぞ」

「そうかい」

左手の煙草を顔に近づける。宮沢の右目の前でゆらした。

「ま、待て」声が裏返る。「城之内……城之内六三だ」

「どうして知ってる」

「そんなこと……」

語尾が沈んだ。瞳がゆれる。煙草の炎が映っている。

「なんで、俺を襲った」

「めざわりだからだ。しのぎの邪魔になる」

「笑わせるな。覚醒剤《シャブ》と性風俗《フーゾク》。それも島田の走《ぱし》りやないか」

「……」

宮沢がくちびるをふるわせる。そっぽをむくが、煙草の火が気になるようだ。

「誰に命令された」

「親分」小声で言う。顔をむけた。目がまるくなる。思いだしたようだ。「この件、ケリがついたんじゃねえのか」

「東仁会の長谷川とは手を打った」左手を引き、煙草をふかした。「わいのしのぎにアヤをつけたおとしまえはこれからや」

「ふざけるな」

「なあ」城之内は顔を近づけた。「あんた、せっかく民間人になれたんや。誰かを庇《かほ》うて、何の得がある。ええ、そうやろ」

「……」

なにか言いかけたが、声にならなかった。

「ええ根性や」

言って煙草を消し、左の拳を固めた。脇腹にあてがう。

宮沢の身体がはねた。顔がゆがむ。血の気が引くのが見て取れた。

「答えい。おどれの親の島田は誰に頼まれた」

「東仁会の若頭に」消え入りそうな声で言い、首をふった。顔がいっそう青ざめる。「確かじゃない。うちの親分がそう言ったんだ」

「長谷川の指示でわいを狙うた。そうやな」

「だから」宮沢が顎を突きだした。「聞いた話で、ほんとうかどうか……うっ」

うめき、宮沢が身を縮める。

城之内の拳が血に染まった。

「半端はあかん。身体に悪いで。合切《がっさい》、謳《うた》わんかい」

宮沢がきょとんとした。顔に脂汗がにじんでいる。

意味が通じなかったようだ。

「洗いざらい喋れと言うてる」

言い置き、腰をあげた。キッチンに行く。冷蔵庫に烏龍茶《ウーロンちゃ》のペットボトルがあった。水道の蛇口を捻る。手を洗い、ペットボトルを持って引き返した。

宮沢はじっとしていた。うつむき、傷を見つめているようだった。


「なにしてんねん」

城之内は声をかけた。目はつむっている。

「きょうの天女様、なんだかさみしそう」

祐希がつぶやいた。

「泣いてるんか」

返事はなかった。

城之内は目を開けた。裸で眠ったようだ。寒くはない。暖房が利いている。代々木四丁目にある平野祐希の部屋に泊まった。

週に二、三回の割で訪ねているけれど、今回は間隔が空いた。十日ぶりか。きのうも来るつもりはなかった。宮沢に洗いざらい吐かせたあと、西五反田を去った。車を運転しながら何を考えていたのか。気づいたら、恵比寿でなく、代々木へむかっていた。合鍵を使って部屋に入り、シャワーを浴びた。パジャマを着てソファに寝転がり、見るとはなくテレビを眺めた。身体から熱が離れていくのがわかった。ウイスキーのオンザロックを飲み、煙草をふかした。時間を持て余しているような感覚だった。

そこまで思いだし、城之内は寝返りを打った。

祐希はいなかった。シーツにはぬくもりが残っている。

隣室のドアが開き、祐希があらわれた。

ハイネックシャツにチノパンツ。どちらも白。黄色のカーディガンがあざやかだ。

城之内は、手枕をして話しかけた。

「陽気にうかれて、頭は春色か」

きのうは四月なみの暖かさだった。きょうも気温は上昇するという。

「そう。桜が咲いてる」祐希が目を細めた。「白はいいね。朝起きて、白い服を着ると気持ちがしゃきっとする」

「気のせいや」

祐希の顔に笑みがひろがった。

「どうした」

「何でも気のせい……でも、もう慣れた。なんとなくわかるようになった」

「ふーん」

なにがどうわかるんや。訊きかけて、やめた。答えなどあるわけがない。

祐希がキッチンにむかう。

城之内は煙草を喫いつけた。サイドテーブルに灰皿がある。ぼんやり時間を流した。

声をかけられ、ベッドをぬけでた。クローゼットを開け、服を着る。恵比寿の部屋とおなじくらいの衣服を置いてある。顔を洗ってからダイニングテーブルに座った。

スクランブルエッグにウインナー。野菜サラダがついている。バターとイチゴジャムの容器もある。祐希がコーヒーを運んできた。

香りが立っている。ブラックで飲んだ。

祐希がトーストを手に戻ってきて、正面に腰をおろした。

この部屋での朝食はすっかり慣れた。恵比寿では寝起きに食べない。

静かな食事がおわった。

コーヒーを飲んでいた祐希が目をむける。

「どうして刺青を……」声を切り、眉尻をさげた。「ごめんなさい」

「かまへん」やさしい声になった。煙草をふかした。紫煙の中に記憶がよみがえる。途切れ途切れだ。「肉親はおふくろひとりやった」

「そう」

ぼそっと言い、祐希が目を伏せた。

城之内は喋りたくなった。

――きょうの天女様、なんだかさみしそう――

あのひと言がそういう気分にさせている。

「おふくろが死んだあと彫った。十年ほど前のことや。なんでかな」

「もういい」強い声がして、祐希が顔をあげた。「おかあさんに、会えないもん」

城之内は口をつぐんだ。頬杖をつき、煙草をふかす。時々、祐希を見た。

祐希の肌はきめが細かい。手は赤児のようだ。おふくろの手はがさついていた。

ずいぶん前の、祐希の話を思いだした。

「実家は福井やな」

「そう」祐希の瞳が輝いた。「憶えていたの。そう言っている。「越前大野ってところ。湧水がとってもおいしいの」

越前大野は福井県大野市の別称で、豪雪地帯だ。

「芋車か」

「そんな話、したっけ」

祐希がくだけ口調で訊いた。

「BSで見た。紙漉《かみす》きのおばちゃんが歌うてた」

そのとき母の姿がうかんだのを憶えている。

祐希が目を細めた。

「母子家庭やった」城之内はまた話しだした。「中学のときにグレてな。長い人生ではいい経験。そのうちまともな人間になると……おふくろは担任の先生に言うてたそうな。おふくろの葬式で、その先生に聞いた」

「……」

祐希は黙って見つめている。表情はおだやかなままだ。

城之内は重くなりかける口をひらいた。

「しばらく実家でのんびりせえ」

祐希の眉が動いた。怪訝《けげん》そうな顔になる。ややあって、くちびるが開いた。

「河津桜を見たらね」

「故郷にも桜は咲くやろ」

「ずっと先よ」

「俺は、越前大野の桜が見たい」

「ほんと」

「ああ」

言って煙草を消し、立ちあがった。

母は大好きな桜が咲く前に逝った。肺がんだった。医師に余命三か月と告げられるほど発見が遅れた。それでも母は告知から一年あまり生き延びた。葬儀が行なわれるあいだ、季節の変わり目の雨が降りしきっていた。

やすらかな死顔だった。

それを見て、城之内は胸に恩義をかかえた。二十七歳のことだ。

私立大学を卒業した城之内は大阪のイベント関連会社に就職した。会社の業務は各種イベントの企画、運営で、関西圏の地方自治体が主たる取引先だった。城之内は営業部署に配属された。イベントが円滑に行なわれるよう根回しするのが職務だった。会場周辺の住民との折衝、イベントに参画する企業や団体との役割分担など、仕事は多岐にわたった。当然のように、無理難題を押しつけられることもあった。イベント会場周辺に暴力団の事務所があれば、人目につかぬよう足を運んだ。

神戸では五島組の世話になった。どんな相手とどのようなトラブルがおきようとも、五島組が仲裁に入れば事はあっけなく収束した。組長の五島みずからが動くことはなかったけれど、城之内は五島本人への礼儀を欠かさなかった。いつしか、五島から飲食に誘われるようになった。そういう場で、五島は仕事の話を一切しなかった。

入社して三年が過ぎた夏のことだった。

奈良県の地方自治体が主催するイベント事業の入札直前にトラブルが発生した。城之内の会社は早い段階で企画書と見積もり予算案を提示し、自治体の内諾を取りつけていた。入札は建前のようなものであった。地方自治体が別の企画運営会社に業務を委託すると言いだしたのだ。城之内ら営業担当者はすでに動いていた。そこへ横槍《よこやり》が入った。

同ランクの企画で、低い見積もり予算案を示してきたという。

城之内は疑念を覚えた。人脈を使い、情報を集めた。結果、城之内の上司がライバル会社に接触していることを知った。その上司は自社の機密情報を手土産に他社への転職を画策していたのだ。が、それを裏付ける証拠に乏しく、城之内は上司の自宅に乗り込んだ。地方自治体に事実を話すよう説得するためだった。裁判ざたにしたところで自社の不利益が覆るわけではない。自治体がイベントを延期、中断するとは考えられなかった。裁判は時間を要する。勝訴したとしても後の祭りである。

説得は口論に発展し、先に殴られたことでカッとなり、城之内は上司を刺した。全治二か月の重傷だった。裁判では情状酌量の余地は認められ、刑の執行が猶予された。

母の肺がんが見つかったのは傷害事件をおこした二日後のことだった。

事情を知った五島が母の面倒を見てくれた。院長と親交のある病院を手配し、介護士を雇い、母の身のまわりの世話をさせた。

——心配するな。母親を死なせはせん——

五島は警察署の面会室でそう言った。実刑になっても母子が対面するまでは生きてもらう。五島の目はそう語っているように見えた。

越前大野に帰ってくれるだろうか。

祐希の表情は城之内の胸の内をさぐっているふうにも見えた。真意を話したところで祐希が素直に応じるとは思えない。祐希は変わった。修羅場を見たのだ。それでもそばにいる。一途で頑固。ちかごろは、祐希の振舞に潔さを感じることもある。

城之内は頭をふった。なるようにしかならない。胸に不安をかかえれば決断が鈍る。己の行動に隙が生じる。ひとつ息をつき、運転席のドアを開けた。

車は桜田通沿いの駐車場に停めた。目的地とはすこし距離がある。

周囲の様子を窺いながら、しばらく芝三丁目の路地を歩いた。警察官らしき者の姿も警察車両も見あたらなかった。

城之内は、仰々しい看板を一瞥《いちべつ》し、『黒井義春事務所』の中に入った。事務員とおぼしき中年女に声をかける。

「事務長はおられますか」

「お約束でしょうか」女が立ちあがる。笑顔だ。「どちらさまですか」

ひと安心だ。不在ならそう言う。ちらっとパーテーションのほうを見た。

「城之内が来たとお伝えください」

丁寧に言った。裏の稼業とはいえ、相手によってはもの言いを変える。

「事務長は不在だ」

男の声がした。女が眉をひそめる。顔にとまどいの色がうかんだ。

城之内は動いた。「こまります」女の声は無視だ。

パーテーションのむこう、ウォールナットのライティングデスクに男がいた。丸顔で、前頭部が光っている。眉が太く、鼻は丘のようだ。

事務長の高橋雄平である。間違えようがない。何枚も写真を見た。

城之内はデスクの前に立った。

「本人が居留守を使うたらあかんやろ」声音は戻った。「都政相談の看板が泣くで」

「誰だ、君は」高橋がぎょろ目をむいた。「いきなり無礼じゃないか」

「さっき名乗った。名前に反応して居留守を使《つこ》うたんやないんか」

「忙しいからだ。アポなしの来客の相手をするひまなどない」

「そうかい」薄く笑った。「改めて言う。六三企画の城之内。それでわかるな」

「知らん。初めて聞く名前だ。苦情か、威しか。しつこくすれば警察を呼ぶぞ」

「呼べや。手間がはぶける」

言って、城之内はポケットのボイスレコーダーをデスクに載せた。

「なんだこれは」

高橋の剣幕は収まらない。

城之内は背をまるめた。顔が近づく。

「大音量で聞かせてやる。長谷川の身内の証言や」

意識して長谷川の名前を口にした。島田組の宮沢と言っても通じないだろう。

高橋の眉根が寄った。顎を引き、口をひらく。

「わかった」声がちいさくなった。「が、場所をわきまえろ」

「あほか。あんたに不都合な場所が、俺には都合がええねん」

「くそっ」毒づき、高橋が立ちあがる。「奥で話す」

執務室に移った。黒革の応接ソファで向き合う。

中年女がお茶を運んできた。

「しばらく電話にはでない」高橋が女に声をかけた。「外出中と言いなさい」

「かしこまりました。ご来客の方には」

「午前中に来客の予定はない」

「承知しました」

城之内にむかって頭をさげ、中年女が退室した。

「用件は何だ」高橋が言う。口調が戻った。「虚仮威《こけおど》しならただでは済まさん」

「これを聞きたいんか」

城之内はボイスレコーダーをテーブルの中央に置いた。

高橋が右手を伸ばす。

城之内はその手を払った。

「あとにせえ。俺の質問が先や」

「だめだ。話はそれを聞いてからだ」

「あんた、置かれてる立場がわかってないようやな」城之内は目でも威した。「あいにく俺は忙しいさかい、要点を話したる。島田組の宮沢を知ってるか」

「知らん」

高橋が即座に返した。

ほんとうだろう。政治屋どもが相手にするのは暴力団の幹部である。

城之内は話を先に進めた。

「去年の暮れに俺が襲われたことは」

「……………」

無言は肯定だ。言質を取られたくないから口をつぐんでいる。

「襲うたんが宮沢や。指示をだしたんは東仁会の長谷川。そうするよう、あんたが長谷川にささやいた。宮沢が証言した」

「身に覚えがない」

高橋がぞんざいに言った。

「俺の命は三百万か。長谷川と島田の話を、宮沢はそばで聞いてた。あんたの名前も、飯倉片町の土地の件でもめてることも」

「チンピラの証言など、誰が相手にする」

言って、高橋が口元をゆがめた。勝ち誇ったような顔つきになった。

城之内はお茶をすすり、煙草をふかしてから口をひらいた。

「政治屋はいろいろ知恵がまわるもんやのう」

「どういう意味だ」

「やくざがしくじったら、つぎは警察。麻布署生活安全課の内林とかいう課長に相談を持ちかけ、つまらん絵図を描いた」

「何の話だ。たしかに内林課長とは懇意にしている。が、そんなばかげたまねはしない。黒井事務所を預かる者として内林課長とは意思の疎通を図っている」

「達者な口や。まあ、ええ。ところで、長谷川とは兄弟らしいな」

「はあ」

「知らんと抱いてたんか。矢野恵理子。なかなかの別嬪《べっぴん》さんや」

「………」

高橋が目を白黒させた。恵理子との仲を知られたことにうろたえたのか。兄弟と言われて動揺したのか。

城之内は畳みかけた。

「恵理子は長谷川の女やった。六本木のレッドカーペットに移る前のことや。その五年前には覚醒剤の所持および使用の容疑で逮捕されとる」

「そんな……」

あとは声にならない。顔が強張り、瞳が固まった。

「長谷川はともかくとして、内林は教えてくれんかったのか。矢野恵理子を逮捕し、取り調べたんは麻布署やで」

うそではない。探偵の安田が調べた。元警察官の強みだ。

その事実だけでも高橋に面と向かうことはできた。が、それで高橋がおとなしく引きさがるとは思えなかった。警察がだめならやくざを使う。長谷川と事を構えるのに何のためらいもないが、そうすれば仲裁に立った郡司の顔をつぶすことになる。神戸の五島にも迷惑をかける。それで、東仁会との和議が成立するまで我慢していたのだ。

「用件を言う」城之内は高橋を見据えた。「合切、手を引け」

「それは……一存ではいかん」

「図面師はあんたや。誰の許可が要る。黒井が主役かい」

「違う」声が裏返った。「断じて、それはない」

高橋が顔を左右にふった。首がもげおちそうだ。

「ええやろ。返答は待ったる。三日後、月曜の正午までに連絡せえ」

城之内はテーブルのボイスレコーダーを胸ポケットに収めた。

「それは」高橋が前のめりになる。「あとで聞かせると……」

「そうやったな」

城之内はあっさり言い、ボイスレコーダーをほうった。


そとに出た。

陽射しがまぶしい。いつの間にか、青空がひろがっていた。

駐車場にむかって歩きだした。鼻歌がでそうになる。

前方から二人の男が近づいて来た。中年と若者。どちらもうつむきかげんだ。すれ違うとき、中年男が顔をあげた。目が合う。刑事か。とっさに思った。

二人は立ち止まることなく去って行く。

城之内はふりむかなかった。中年男の目つきがそうさせた。

駐車場に入り、車のドアを開けた。運転席に座り、ポケットに手を入れる。

ボイスレコーダーの電源を切った。

笑みがこぼれた。

高橋は録音していることに気づかなかった。渡したのはポケットの中ですり替えたものだ。『黒井義春事務所』を訪ねたのは、高橋の言葉がほしかったからである。

チンピラの証言などクソの役にも立たない。

高橋の言うとおりだ。

★　★

「知っているのですか」ならんで歩く菊池が言った。「すれ違った革ジャンの男です」

「知らん」岩屋はとぼけた。「やつがどうした」

「こっちを見て表情が変わったように見えました」

「そうかな」

曖昧に言った。

ここで城之内に出会《でくわ》すとは思ってもいなかった。小栗に話を聞いたあと、警察データで城之内の個人情報を調べた。

――城之内とはわけありのようだね――

――そういうことにしておいてください――

――いいだろう。城之内をはずして捜査する――

小栗とのやりとりだ。約束は守る。が、城之内に関する知識はほしかった。

岩屋は足を止めた。目の前にタイル張りのマンションがある。中央にエントランス。一階右側に『黒井義春事務所』と書かれた木製の看板がかかっている。左半分は『桜場プランニング』のオフィスで、こちらは真鍮《しんちゅう》のプレートに横書きしてある。

城之内はどちらかを訪ねたのだろうか。

ふと思い、苦笑した。すぐ刑事根性が頭をもたげる。腕の時計を見た。午前十時五十七分。電話で訪ねる旨は伝えてある。

菊池を目でうながし、『桜場プランニング』のドアを開けた。

三十平米ほどか。手前に四つのスチールデスクがくっつき、奥にも二つ。中央に楕円形《だえんけい》のテーブルが配している。三人の男と、二人の女がデスクに座っていた。

紺色の制服を着た女に近づく。

「こっちだ」

話しかける前に、奥から声がした。

桜場が立ちあがり、うしろのドアを開く。

応接室に通された。十平米はあるか。左に布製のコーナーソファ、右の壁に大型の液晶ディスプレイが掛けてある。

菊池とならんで座った。手を伸ばせば桜場に届く。

「お仕事中に恐縮です」

岩屋は丁寧に言った。

「わかっているのなら手短に済ませなさい」

あいかわらず居丈高なもの言いをする。

制服の女がお茶を運んできた。「ごゆっくり」笑みを残して去った。

桜場が不機嫌そうな顔でお茶を飲む。

「では、さっそく」菊池がノートを膝の上にのせるのを見て、続ける。「あのあと思いだしたことはありませんか」

「ない」

桜場が言下に言った。

顔を合わせるのは麻布署の応接室で対面して以来である。

岩屋は質問を続けた。

「あの晩のことですが、ネネにはひとりで行かれたのですか」

「そうだ。麻布十番で社員と食事をして、家に帰ろうとしたときメールが届いた。店がひまだというので覗いてやった」

岩屋は頷いた。クラブ『ネネ』の美麗の証言と齟齬《そご》はない。

「麻布十番からネネまでは歩いて」

「ああ。十分もあれば着く」

「そのあいだ、周囲で気になることはありませんでしたか」

「ん」桜場が眉を寄せる。「わたしが尾行されていたとでも言いたいのか」

「可能性の話です」

「そんなことをされる憶えはない。前に言っただろう。人違いだと」

「われわれはそう考えていません」

「なぜだ」

「犯行現場を捉えた防犯カメラの映像を確認しました。たしかに、目出し帽の二人は突然あなたに近づいた。が、そのあと駐車場に移動するまで若干の時間があった。あなたの口が動いているのも確認した。一部始終を目撃した人は、加害者と被害者が言葉を交わしていたように見えたと証言しました」

「話し声を聞いたのか」

「お答えできません」岩屋はさらりと答えた。話し声は聞こえなかった。証人はそう言ったという。「いまの話を踏まえたうえでの質問をします。個人的な諍《いさか》いや、仕事上のトラブルをかかえていたとか、どうです」

「ない」

「まったく身に憶えがないと」

「くどい」桜場が声を荒らげた。「こんな話をくどくどと、迷惑だ」

「捜査です。ご容赦ください」ひと息つく。「娘さんが攫われそうになり、ここには脅迫電話がかかってきたそうですね」

桜場が眦をつりあげた。顔が赤くなる。

「どこからそんな話を」

「わが署は風通しがいいもので」

こともなげに言った。

桜場のくちびるが動いた。文句を言いたそうだが、声にならなかった。

岩屋は間を空けない。

「あなたが襲われた件と関係があるのではないでしょうか」

「ない。ありえん」

「どうしてそう言い切れるのですか」

「………」

桜場が口をへの字に曲げ、そっぽをむいた。

岩屋は顔を寄せる。

「正直に話していただけませんか。このままでは娘さんや社員の方々から事情を聞くことになる。それでもいいのですか」

「威しているのか」桜場が視線を戻した。「いいか。娘や電話の件で捜査をしてくれと頼んだ覚えはない」

「麻布署に相談したのは、おとなりの事務長だとか」

「そうだ。たいしたことはないと思うが、念のため、高橋さんに相談した。高橋さんはたいそう心配されて、麻布署に相談したというわけだ」

岩屋は顎を引いた。城之内の名前を言いそうになった。

桜場が言葉をたした。

「一介の刑事が勝手なまねをすればどうなるか。わかっているのか」

「わかりません。教えてください」

桜場が低く唸《うな》る。おびえたブルドッグのようだ。

「黒井先生が警察人事に介入する。そういうことですか」

「そんなことは言ってない」桜場がむきになる。「黒井先生はクリーンなお方だ。わたしは先生を義兄《あに》に持ったことを誇りに思っている」

「そうでしょうとも」

岩屋は頰を弛めた。

「黒井先生はいっさい関係ない」桜場が念を押すように言う。「だが、麻布署の幹部は勝手に気を遣うかもしれん。こちらの与《あず》り知《か》らないことだが」

「そう威されてもね」岩屋は肩をすぼめた。「かさねて申しますが、これは傷害事件の捜査です。職務を放棄するわけにはいかない。それこそクビになる」

声を強めた。正論で対抗するまでだ。

桜場がおおきく息をついた。これみよがしに腕の時計を見る。

岩屋は話しかけた。

「ところで、わたしどもがくる前に来客はありましたか」

「ない。どうして訊く」

「ここにくる途中で、あぶない雰囲気の男を見かけましてね」

「どういう男だ」

「気になりますか」

「それは……こんな話をしたあとだからな」

「ごもっともです」

岩屋は何食わぬ顔で言った。桜場の反応を見たくて質問した。

「もういいだろう。わたしはこれからでかける」

「ありがとうございました」

一礼し、岩屋は席を立った。

「やっぱり、気になっていたのですね」

そとに出るなり、菊池が訊いた。

「君が言ったからだ」

とっさにでた。

菊池は観察眼が鋭い。城之内の表情だけでなく、自分の気配もさぐったのだろう。自分に油断があったのかもしれない。

足を速めた。菊池が追いつく。

「被害者の娘や脅迫電話の件はほんとうですか」

「ああ。署内でうわさになっている。が、その件は上司に報告するな」

「なぜです。うわさになっているのなら……」

菊池が声を切った。睨まれたからだ。

「被害者が言ったとおりだ。娘と電話のほうは捜査じゃない。黒井事務所がわが署の幹部に相談した。で、調査を行なうことになった」

「どこの部署ですか」

「生活安全課らしい。くわしいことは知らん」

「また内林課長ですか」菊池が顔をあげ、吐息を洩らした。「でも、岩屋さんはその二つと傷害事件はつながっていると思っている」

「推測は口にするな」語気を強めた。「事実を追う。刑事がやるのはそれだけだ」

桜田通に出た。赤羽橋方面へむかう。


地下鉄とJRを乗り継ぎ、蒲田駅で下車した。東口から出て、京浜急行蒲田駅にむかって歩いた。途中の路地を左折し、住宅街に入る。

スマートホンを見ていた菊池が口をひらく。

「この先」前方を指さした。「あの青いスレート屋根のアパートですね」

サイディング外壁の二階建て。見た目はきれいだ。築五年ほどか。

外階段の下にメールボックスがある。上下で八室。二〇四に〈片山《かたやま》〉とあるのを視認して階段をのぼった。二〇四号室のチャイムを鳴らした。

「はーい」女の声がした。「どちらさまですか」

「警視庁の者です」

返事はなかった。が、すぐにドアが開いた。

顔がまるい。細い眉が八の字を描いていた。歳は二十代半ばか。素顔だ。

岩屋は警察手帳を見せた。

「片山翔太《しょうた》さんはおられますか」

「でかけています」

「失礼ですが、あなたは」

「同居人よ」あっけらかんと言う。「翔太が、なにか」

「お答えできません。あなたのお名前は」

「竹下《たけした》カヨ」言って、菊池のほうを見た。「香水の香に、余りって書くの」

菊池はノートとボールペンを手にしている。

こういうことになれているのか。女も警察の世話になったことがあるのか。そんなふうに思うが、話を先に進めた。

「片山さんはどちらに。お仕事ですか」

「そんなのがあればいいんだけど」

「無職ということですか」

「仕事をする気はあるみたい。でもさ」声が沈んだ。「ネットでばれちゃうから」

意味はわかった。

ネット上には犯罪者の個人情報が氾濫《はんらん》している。とくに性犯罪者は多い。

片山は集団強姦《ごうかん》罪で起訴され、有罪判決を受けた。七年前の事件だ。片山は性行為に及んでいないことが立証されたが、実行者と一緒にいれば集団強姦罪が適用される。禁固一年六か月に、三年間の執行猶予がついた。

個人情報の氾濫は如何《いかが》なものかと思う。が、同情は湧かなかった。

「片山さんは車で」

「車は友だちの修理工場。ポンコツだからね」

「行く先に心あたりは」

「パチスロかな」

「店はわかりますか」

「ゲット。横文字よ」

「どのへんですか」

「JR蒲田駅の東口。通りに面しているからわかると思う」

「ありがとう」動きかけて、やめた。「あなたのお仕事は」

「スナックでバイトしてる。ゲットの近く。合歓《ねむ》の木っていうの」

こんど寄って。目が誘っている。

行ってもいいかな。そう思うほど、香余は屈託のない女だった。

来た道を戻った。駅の手前を右に曲がった先に『GET』の看板が見えた。

片山の顔写真を見て、店内に入る。音がうるさい。客はすくない。パチンコの島には老人がめだち、パチスロコーナーは若者がほとんどだった。

岩屋は目を凝らした。うす暗く、赤色や青色の光が神経をいら立たせる。菊池に腕を取られた。片山を見つけたのだ。島の中ほどにいる。岩屋は菊池に目で合図した。島の両端から近づき、挟み撃ちにする。菊池が反対側にまわるのを視認して中に進んだ。

「片山翔太だな」

片山が目を見開く。腰を曲げたまま反対側に逃げた。菊池が立ちふさがる。片山が身体ごとぶつかった。かさなりあって二人が床に倒れた。

岩屋はのしかかる片山の首をつかみ、右腕をねじりあげた。

近くの喫茶店に入った。昭和のにおいを感じる店に先客は二組三人だった。

隅の席に片山を座らせ、となりに菊池が腰をおろした。

片山に手錠はかけなかった。捕まえるとおとなしくなったからだ。片山に逮捕状がでているわけではない。そもそも事件扱いではないのだ。公務執行妨害の容疑で現行犯逮捕しても、麻布署に連行すれば面倒になる。

岩屋は片山と正対した。店の中年女にコーヒー三杯を注文し、煙草をくわえる。店の入り口に〈全席喫煙〉と書いてあった。

紫煙を吐き、片山を見据える。

「なぜ、逃げようとした」

「びっくりしたからだよ」

　もの言いもおとなしい。気の弱そうな目だ。身体は縮こまっている。

「警察とわかったわけだな」片山が頷くのを見て、続ける。「警察に追われる覚えがある。そういうことか」

「ないよ。けど、警察は俺を目の敵《かたき》にするから」

「被害妄想だ。罪を犯していない者は相手にせん。たとえ前科があろうとな」

　片山が首をすくめた。

　中年女がコーヒーを運んできた。

「飲めよ」

　岩屋はやさしく言った。

　片山は凶暴な男ではなさそうだ。同居する女の表情ともの言いでそう感じた。意志が弱いのだろう。そんなふうに思った。

　片山がカップをソーサに戻すのを待って、岩屋はポケットの写真を見せた。

「この人を知ってるな」

「ああ」

「この人の名前は」

　片山が首をふった。顔に不安の色がひろがる。

「どうして知ってる」ひと息つく。「正直に話せばここで解放してやる。家で香余さんが心配しているぞ」

片山がこくりと頷いた。

「さあ、話せ」

「ダチに誘われたんだ。車を転がすだけで一万円をやるからって。それで、今月の何日だったか忘れたけど、信明女子大に行った」

「この人に」岩屋は写真を指さした。「なにをした」

「なにも」声がちいさくなる。「ダチの二人が声をかけ、すぐ車に戻ってきた」

「友だちにそうする理由を訊いたか」

「からかって威すだけだと。行く前にそう聞いた」

「どうしてそんなまねをした」

「頼まれたそうだ。ほんとうだと思う。ダチもこの子の写真を手に、学校の正門から出てくるやつらと見比べてた」

「友だちの名前は」

「山崎《やまざき》と田村《たむら》。山崎は車の修理工場の息子、田村は風俗店で働いてる」

片山がすらすら喋る。罪の意識が希薄なのだろう。

二人の氏名、年齢、住所を聞き、菊池がノートに書き取った。

岩屋はコーヒーと煙草で間を空けてから話しかけた。

「二人も前科持ちか」

頭には集団強姦罪がある。

「山崎は」消え入りそうな声だ。「田村はないと思う」

「首謀者は山崎だな」

「たぶん」

言って、片山が目を伏せた。仲間への気兼ねか。あとの面倒をおそれているか。

「山崎は反社会勢力とつき合いがあるか」

片山が目を白黒させた。

「暴力団、もしくは半グレや暴走族のことだ」

「本人から聞いたことはないです。昔は顔見知りのやくざがいたようだけど」

「いつのことだ。懲役に行く前か」

片山がちいさく頷いた。

「ここでのことは二人に話すな」

岩屋は声と目に力をこめた。

「どうするのですか」

「もちろん、事情を聞く」

「あいつらも妙なことをするつもりはなかったんです」

「関係ない」ぴしゃりと言った。「事件性があるかないか、こっちが判断する」

「お手やわらかに、お願いします」

片山が頭をさげた。

「ところで、今週月曜の夜は、どこで何をしていた」

片山が天井を見あげる。思案する顔だ。視線を戻した。

「麻雀《マージャン》をしていました」

「どこで」

「この近くです。ひさしぶりに大勝ちして、ダチにおごりました」

「ダチの名前は」

「山崎と、山崎の彼女」

「そうか」そっけなく言う。「なんという店だ。何時から何時までいた」

「八時過ぎから閉店近くまで」

片山はチェーン店の屋号を言った。スマートホンで場所も教えた。

菊池が書きおえるのを見て、岩屋は伝票を手にした。

つぎは、車の修理工場に行く。が、成果は期待できそうにない。

地下鉄を降り、六本木の路上に立ったところで菊池と別れた。

菊池には指示をだした。麻布署に戻って警察データを検索する。山崎に前科があることは本人から確認した。きょうの聞き込み捜査は上司に報告しないよう言い添えた。

岩屋は芋洗坂をくだり、カフェテラスに入った。昼飯時を過ぎて店内に客はまばらだった。ウェートレスにミルクティーを頼み、煙草をくわえたところで小栗がやってきた。岩屋が電話で誘った。蒲田の自動車修理工場を去ったあとのことだ。

「なにかわかったのですか」

小栗が訊いた。

「信明女子大の正門前で桜場瑠衣に声をかけた連中の素性が知れたよ」

「防犯カメラの映像を解析したのですね」

「ああ。車を特定した。で、さっき所有者に会ってきた」

岩屋は蒲田での捜査の一部始終を話した。

山崎は顔見知りのやくざに声をかけられたと供述した。女に声をかけ、恐怖心を抱かせる。それが依頼の内容だった。山崎は五万円を受け取り、片山と田村を誘った。その供述の裏付けは取れていないこともつけ加えた。

小栗はコーヒーを飲みながら聞いていた。

「ここまでの話で疑問はあるか」

「やくざには会わなかったのですか」

「あなたに報告してからのほうがいいと判断した」

岩屋はよどみなく答えた。

他人に恐怖心を与えれば脅迫罪に問える。が、別件捜査なのだ。やくざの身柄を拘束するのはむずかしい。こちらの動きが筒抜けになるおそれもある。

「とりあえず無視しましょう」

小栗があっさり言った。胸中を察したのだ。

「これがやくざの名前だ」岩屋はメモ用紙を渡した。氏名と住所、所属する暴力団の名称を記してある。「その気になったら言ってくれ。いつでも動ける」

小栗がメモ用紙を胸のポケットに収める。

岩屋は話を続けた。

「桜場プランニングの固定電話の通話記録を調べた。それらしいものはなかった。脅迫が目的なら発信者が特定できないような電話を使うだろう。通話記録に残る電話番号はすべて発信者を特定できた。ついでにいうと、非通知設定の電話もなかった」

非通知設定しても通話記録には発信者の電話番号が残る。

「つまり」小栗が言う。眼光が増した。「脅迫された事実はない」

「わたしは、そう考える」きっぱりと言った。「ほかに聞きたいことは」

「ないです」小栗が煙草を喫いつけた。顔を横にむけて紫煙を吐く。「傷害事件の捜査のほうは進んでいますか」

岩屋は首をふった。

「犯行現場以外の目撃証言はない。防犯カメラのほうもあたりはなしだ。二人連れは芋洗坂のほうへ走ったと考えられるのだが、芋洗坂周辺の防犯カメラにあやしげな人物は映っていないし、走り去る者を捉えた映像もなかった」

「どこかのビルに」小栗がぼそっと言う。「逃げ込んだ可能性もある」

岩屋はおおきく頷いた。おなじ発想である。煙草をふかし、口をひらいた。

「ほかにも疑念がある。犯人はどうやって被害者の所在を確認したのか」

「ネネから犯行現場まで歩いて二分ほどですね」

「わたしの足で一分四十秒だった。店からでも三分とかからないだろう」

小栗が目で先を催促する。

岩屋は、けさの『桜場プランニング』での桜場とのやりとりを話した。

「桜場が尾行されていなかったのなら、犯人に桜場の居場所を教えたやつがいる。そう考えるのが自然だろう」小栗が頷くのを見て続ける。「で、ネネの美麗の通話記録を調べてみた。誘いのメールを確認する必要もあったからね」

小栗は口をつぐんだままだ。話を聞く顔になっている。

「これを見てくれ」岩屋は四つ折りの用紙を開き、テーブルに置いた。メールの文面を記した箇所を指さした。「ここに、〈来る〉〈出る〉とある」

小栗が顔を近づける。額しか見えなくなった。

「その相手のメールアドレスに憶えはあるか」

「ないです」

「では」岩屋は電話の発着信履歴のほうを指した。「この電話番号は」

小栗が顔をあげた。記憶になさそうだ。

「この電話番号とメールアドレスは同一人物のものだ」短く息をつく。「内林課長のケータイ。個人名義のほうだ。発着信履歴を見ろ。犯行当日の午後一時三十五分に内林課長のほうから電話をし、十二分間ほど話している。その前日の夕方も同様だ」

「合図でしょうね」

小栗が静かに言った。推論を好まないのだ。だから、小栗は脅迫電話をでっちあげた理由について話さなかった。

それは岩屋もおなじである。

「問題は実行犯だ。美麗が〈来る〉〈出る〉のメールを送った直後、内林は電話をかけている。が、発信先の所有者は不明だ。闇取引されたケータイなのだろう」

小栗が目をまるくした。信じられないとでも言いたそうに見える。

美麗のほうはともかくとして、内林の携帯電話の通話記録を入手するのはためらった。どこの部署の誰が通話記録を入手したのか。その気になれば、内林は造作もなく突き止められる。その結末は想像するまでもない。が、職務を優先した。

小栗が口をひらく。

「この事実を知っているのは」

「わたしひとり。同僚の相棒にも話していない」

小栗が椅子にもたれ、音がするほど息をつく。ほどなく姿勢を戻した。

「岩屋さんは、これをどうするつもりですか」

声に不安の気配がまじった。

「動かぬ証拠を突きつけて、署の幹部を説得する」

「むりです」小栗が声を強めた。「署長は内林にものを言えない。というより、内林の言いなりです。で、わけのわからない調査を俺に命じた」

「なぜ、そうなる」

「所轄署の裏ガネは知ってますね」

岩屋は頷いた。うわさに聞いている。耳にするたび不快になる。

小栗が続ける。

「うちの署では、近藤係長が所管下の組織や事業主から集金し、内林が管理している。裏ガネの大半は警察官僚への上納金に消える。歓送迎会の費用や飲食代金、官僚が署を離れるさいは慰労金名目で高額の商品を贈呈する」

岩屋は奥歯を嚙みしめた。罵声《ばせい》が飛びだしそうだ。別の言葉が声になる。

「では、泣き寝入りするのか」

「いい手を二人で考えましょう」

言って、小栗が目元を弛めた。

はっとした。小栗らしくない台詞だ。

「勝手に走るなよ」

岩屋は思わず口走った。

「ご心配なく。いまの職場はけっこう居心地がいいんです」

小栗がにこりとして、煙草をくゆらせる。

岩屋は気に食わない。口をひらく前にポケットの携帯電話がふるえた。画面に娘の名前と電話番号がある。メールはよこすが、電話をかけてきたのは初めてだ。

「ちょっと失礼する」

小栗に声をかけ、そとに出た。

「おとうさんだ。急用か」

《そう》娘の声は刺々《とげとげ》しかった。《あしたは家にいるの》

「わからん」

《もう。いつになったら説得してくれるの》

「えっ」

《忘れていたの》声がうわずった。《わたしはもう限界よ。岐阜のご両親からはまだ結論がでないのかと責め立てられるし、おかあさんはあれから口もきいてくれない。気が狂いそうよ。おとうさんが頼りなのに》

「わかった。そう興奮するな。こんやにでも……いや、近々におかあさんと話し合ってみる。それまで待ちなさい」

《必ずよ。説得できなかったら、おとうさんとは縁を切るからね》

「おい。親を威してどうする」

言いおえる前に通話が切れた。

岩屋は携帯電話を投げつけたくなった。堪え、深呼吸をくり返した。

小栗は椅子にもたれて、天井に視線を投げていた。

それを見て、思いだした。座り直し、口をひらいた。

「城之内を見たよ」

「えっ」小栗が顔をむけた。「どこで」

「芝三丁目の路地ですれ違った。わたしは、桜場プランニングに行く途中だった」

「……」

「城之内はそこから出てきた」

岩屋はゆっくり首をふった。

「わからん。が、桜場のオフィスではなさそうだ」

翌日も話をした。いつもの表情に戻っていて、前向きな話になったけれど、小栗は城之内に関しては多くを語らなかった。岩屋は自分のほうから水をむけた。

小栗はそれだけ言って口をつぐんだ。

――城之内と桜場はしのぎで対立関係にあるようです――

そのときも小栗は無表情だった。城之内の話を避けたがる気配を感じた。

生活安全課の内林課長が傷害事件に介入しそうだと話したあとのやりとりである。

ている。おなじ神俠会系列の金竜会が城之内の面倒を見ているそうです――

――代紋は背負っていないが、神戸の五島組の身内のような男で、東京でしのぎをかけ

――ところで、黒井事務所が調査を依頼した城之内って何者なんだ――

藤係長にそうささやかれてのことだった。

桜場が襲われた翌日に『花摘』で小栗と話した。小栗と連携してはどうだ。保安係の近

岩屋は気分が重くなりかけた。城之内のことが胸のしこりになっている。

小栗が口を結んだ。能面のようだ。

――城之内とはわけありのようだね――

――そういうことにしておいてください――

――いいだろう。城之内をはずして捜査する――

小栗のもの言いには合点が行かなかった。が、岩屋は約束した。去年の捜査事案で連携し、信頼のようなものがめばえた。それはいまも続いている。

――俺の案件と傷害事案は切り離してください。お願いします――

小栗に頭をさげられたとき、岩屋は腹が立った。水臭い。怒鳴りかけた。以来、約束はしたものの、城之内の存在は頭から離れなかった。小栗の様子がいつもとは異なる。飄々《ひょうひょう》とした雰囲気が消えた。胸に何かをかかえているように思えてならない。

岩屋はためらいを捨てた。

「まだ城之内をさぐっているのか」

「ええ」

「やつのしのぎのことはわかったのか」

「岩屋さんには関係ない」

小栗がはねつけるように言った。

岩屋はじっと小栗の目を見た。おどろきはしない。想定内である。

「どうしたんだ」やさしく言った。「城之内の話はしたくないのか。わたしには城之内を庇っているようにも見えるが」

胸にかかえてきた疑念が声になった。もう止まらない。言葉をたした。

「ひょっとして、石井の件を引きずっているのか。城之内ともそんな仲なのか」

話しているうちに小栗の目つきが鋭くなった。

「はっきり言っておきます。城之内に情をかけている覚えはない」

言いおわっても、小栗は視線をそらさなかった。

紫煙が立っている。喫いかけの二本の煙草は灰皿にある。

岩屋は迷った。この話をすればどう反応するのか。邪念をふり払い、口をひらいた。

「カモンの女マネージャーか」

「……………」

小栗が眉をひそめた。目の光が弱くなる。

岩屋は言葉をたした。

「城之内の女なんだろう」

「どうしてそのことを知っているのですか」

「城之内を見かけたんだ。代々木四丁目のマンションから出てくるのを。参宮橋の駅であなたを見たあと、平野祐希のマンションに戻った。しばらく見張り、彼女が出てくれば声をかけるつもりだった。が、出てきた男が城之内とはわからなかった。今回の件で、城之内の個人情報を調べたとき思いだした」

「そうですか」

小栗がため息まじりに言った。喫いかけの煙草を取り、そっぽをむく。

岩屋も煙草を指にはさんだ。待つしかない。

やがて、小栗が煙草を灰皿にねじり消した。

「城之内は深夜の西麻布で、三人組に襲われ、重傷を負った。去年の暮れのことです」

「……」

岩屋は唾をのんだ。思いあたることがある。が、声がでなかった。

「直後、俺は祐希に会った。祐希から連絡があったんです」

「彼女も現場にいたのか」

「そのようです。やくざが利用する個人病院に運んだあと、電話をよこした。城之内にそうするよう言われたと聞きました」

言って、小栗が背筋を伸ばした。顎をあげて息をつき、また語りだした。

岩屋は身動きせずに聞き入った。

耳を傾けながら、去年の暮れの殺人事件を思いだした。捜査は小栗の協力のおかげで終結した。城之内襲撃は事件にならなかった。が、小栗はそれを利用し、別件捜査で殺人犯に迫ったのだった。いま初めてそれを知った。

岩屋とは芋洗坂をのぼる途中で別れた。岩屋は麻布署に戻るという。蒲田在住の面々の個人情報を精査し、供述のウラを取るそうだ。

小栗は外苑東通へむかって坂をのぼった。風景は目に入らなかった。

岩屋に話したことを引きずっている。

それがよかったのか、わるかったのか。判断のしようもない。気持が軽くなったのは事実だ。が、こんどは責任を背負った。岩屋の気質はわかっているつもりだ。城之内と祐希の話をしたことが岩屋の負荷になるのではないか。そんなふうに思う。

行き過ぎたことに気づいて引き返し、路地に入った。ひっそりとしている。ネオンが灯《とも》るのはもうすこしあとだ。

★　★

テナントビルの一階に足を踏み入れたところでポケットの携帯電話がふるえた。手に取り、画面を見る。立ち止まり、携帯電話を耳にあてた。

「はい、小栗」

誰からの電話でも最初のひと言はおなじだ。

《山路だ。いま、いいか》

「ええ」
《ついさっき、情報が入った。金竜会の代替わりが正式に決まった。神俠会の執行部は郡司の本家直参入りも承認した》
「そうですか。ご連絡、ありがとうございます」
《いずれ晩飯をゴチになってやる》
「きょうでもいいですよ」
《しばらくうちの店に顔をだすな》
「なにか問題でも」
《郡司はぴりぴりしている。組内の者にもめ事をおこすなと通達した。まあ、気持はわかる。ようやく念願が叶《かな》うのだ。襲名披露と本家親子盃《おやこさかずき》の儀は三月下旬の吉日で調整に入ったというから、それまでは枕を高くして眠れないだろう》
「それはわかりますが、どうして俺が出入り禁止になるんです」
《二、三日前に組事務所の者が電話をよこした。で、おまえによけいな話をしてないだろうなと、威《おど》し半分に言われた》
「むこうは、俺が店に出入りしているのを知ってるのですか」
《やくざを舐《な》めるな。郡司の情報網は俺なんかよりはるかにひろい》
小栗はそっとため息をついた。

「山路さんにご迷惑はかかっていませんか」

《いまのところは大丈夫。そう心配するな。用心のためだ。こう見えても、俺は気がちいさい。転ばないよう杖《つえ》を持ち歩いている。またな》

通話が切れた。

携帯電話をポケットに戻し、小栗はエレベーターに乗った。

クラブ『レッドカーペット』の店内はあかるかった。開店の準備はおわったようだ。黒服らの姿は見えない。カウンターの中にいる男に声をかけた。

「ネネの坂上店長は来てるか」

「はい。VIPルームでお待ちです。ご案内します」

男が出てきた。レジ脇の通路を通り、ドアをノックした。

十平米ほどのひろさだ。黒革のソファが鈎《かぎ》型に配してある。五、六人が座れる。

二人の男が立ちあがった。ひとりは坂上だ。もうひとりは四十歳前後か。ダークグレーのスーツにブラウンのネクタイ。顔がちいさく、利発そうに見える。

「紹介します」坂上が立ちあがる。「ここの加藤《かとう》専務です」

「麻布署の小栗だ」

小栗は名刺を交換した。その間に、坂上が加藤のほうに移った。

大理石のテーブルにクリスタルの灰皿がある。きらきら輝いている。

座ったあと、小栗はそれを指さした。

「汚していいか」

「もちろんです」加藤が答えた。「お飲みものは」

「かまわないでくれ。すぐに失礼する」

言って煙草《タバコ》をくわえ、火をつけた。

坂上が口をひらく。

「加藤はネネに五年いたんです。余人をもって代えがたい戦力なので、わたしは反対したのですが、ここのママが強引に引き抜きましてね」

たのしそうに言った。この男は信頼できる。そう言いたかったのだろう。

小栗は煙草をふかし、加藤に話しかけた。

「桜場プランニングの社長を知ってるか」

「はい。お客様です」

「いつから」

頭の中にはクラブ『ネネ』の美麗の証言がある。岩屋に聞いた。

「かれこれ一年になりますか。あるお客様がお連れになりまして」

「その客の名前を教えてくれないか」

加藤が横をむいた。不安そうなまなざしになった。

「心配はいらない」坂上が言う。「小栗さんは捜査で訊《たず》ねておられる。ひとりでこられたのはこちらを気遣われてのことだ。わたしも小栗さんにはお世話になっている。これを機に、かわいがってもらうといい」

なめらかな口調だった。

加藤が頷《うなず》いた。視線を戻し、口をひらく。

「高橋様です。黒井義春先生の事務所の事務長をしておられます」

「高橋事務長の係は」

「恵理子です」

「本名は」

「矢野恵理子。店では別の姓を名乗っています」

小栗はメモ用紙に名前を書き、顔をあげた。

「恵理子もネネから移ってきたのか」

「いいえ。オープン時に、スカウトの紹介で面接に来ました。長く六本木の老舗クラブにいて、売上の成績もよかったので契約しました」

どうでもいいことだ。煙草をふかして消し、小栗は質問を続ける。

「高橋事務長だが、最後に来たのはいつかな」

「先週の木曜です」

加藤が即答した。坂上に言われ、安心感がめばえたのか。

その日、福西と南島が高橋を尾行し、『レッドカーペット』に入るのを視認した。

「ひとりで」

「はい。でも、お待ち合わせで。お連れの方は先にお見えになられていました」

「その客も常連なのか」

「いいえ。初めてのお客様です」

「素性を聞いたか」

訊《き》きながら、小栗はボールペンを動かした。

加藤の顔に困惑の気配がひろがった。が、すぐに口をひらく。

「北進建設の古川様です。名刺をいただきました」

「えっ」

思わず声が洩《も》れた。どういうことだ。頭が混乱しかけた。

熊本で暮らす西村響平の声がよみがえった。

――五島組は北進建設と手を組んでのしあがった。改正暴対法と暴排条例のおかげで腐れ縁は切れたといわれているが、裏ではいまもつながっている。赤坂にある上杉設計事務所を調べろ。……実態は北進建設の前線基地だ――

——何をやっているのか知らんが、城之内が上杉設計事務所に出入りしていたのは確認済みだ。所長の上杉芳美は北進建設の執行役員を兼務している。暴排条例ができる前は本社の総務部長だった。つまり、汚れ仕事の元締だ——

自信たっぷりの口調だった。小栗は情報の精度の高さを感じた。

城之内は『上杉設計事務所』に雇われ、『桜場プランニング』と対峙《たいじ》している。『北進建設』は『上杉設計事務所』の親会社で、桜場の背後には高橋がいる。

「どうかしましたか」

声がして、小栗はそれていた視線を戻した。

「なんでもない。あとで古川さんの名刺を見せてほしい」

「承知しました」

小栗は煙草とライターをポケットに収めた。ほかに聞きたいことがあったはずだが、失念した。が、気にしない。忘れる程度のことなのだ。

「お役に立ちましたか」

坂上が言った。

六本木交差点近くの喫茶店にいる。小栗が誘った。

「助かった。借りができたな」

「とんでもない」坂上が手のひらをふる。「お役に立てて何よりです」

坂上は如才無い。『ネネ』の客からの信頼は厚いという。

「頼みついでに言うが、さっきの話、他言無用と伝えてくれ」

「わかりました。加藤にはきつく言いふくめておきます」

笑顔を見せ、坂上がコーヒーカップを手にする。

小栗は、煙草を喫《す》ってから話しかけた。

「桜場が襲われた日のことだが、桜場はひとりで飲んでいたのか」

「そうです」

「店に知り合いは来ていなかったか」

「いませんでした。あの日はひまで、来店された方はすべて憶《おぼ》えています」

「そうか」語尾が沈んだ。質問するのにためらいがある。それをふり払った。すでに『レッドカーペット』に行ったことでリスクを負った。坂上も、加藤と桜場がどの程度の縁なのか知らないだろう。「桜場が店を出たあと、美麗に不自然な動きはなかったか」

「不自然とはどういう意味でしょう」坂上が真顔をつくる。「もしかして、小栗さんは美麗を疑っているのですか」

「そういうわけじゃないが、気になる」

「何が気になるのですか」

「勘弁しろ。おまえを頼りにしているが、話せんこともある。で、どうなんだ。美麗の様子に変わったことはなかったのか」

坂上の首が傾く。思いだすような顔だ。視線が合った。

「別に気になることはありませんでした。桜場さんが帰られてほどなく、美麗のお客様が見えられて、ずっとその席にいました」

「どんな客だ」

「えっ」

坂上が眉をひそめる。たじろぐような表情に変わった。

「どうした」顔を寄せた。「喋《しゃべ》れば不都合になるのか」

「そういうことはないのですが」坂上がため息をつく。「わかりました。小栗さんを信用して話します。郡司組の方が見えられました」

「ほう」

思わず声が洩れた。

クラブ『ネネ』の扉の脇には〈暴力団排除の店〉のステッカーが貼ってある。警視庁主導によるもので、都内の飲食業組合に加盟する店はそうしている。が、暴力団の入店をことわれない店もすくなくない。『ネネ』のように、いまだにみかじめ料を払っている店もある。郡司が『ネネ』で遊んでいることは把握している。それでも警察は動かない。情報収集の名分で、酒場で暴力団と同席する輩《やから》もいる。

「何人で来た」

「おひとりでした」

「郡司組の男なんだな」

「はい。幹部の海野《うんの》さん。郡司さんがお見えになるときはいつも一緒です」

「ということは、郡司の係も美麗か」

「そうです」

小栗は煙草をふかしながら頭を整理した。

「桜場が出て、どれくらいあとだ」

「十分かそこらだと。正確な時刻は伝票を見ればわかります」

時間で料金が変わるので客の入店と退店の時刻は記入しているという。

「麻布署の刑事がくる前だな」

「はい。それは間違いないです」

坂上が声を強めた。もう不安は吹っ切れたようだ。

小栗は安堵《あんど》した。坂上は郡司の名前をだした。その事実は坂上の口を重くする。

週明けの朝、小栗は葛飾区小菅《こすげ》に足を運んだ。

土曜に行くつもりだった。バー『山路』のマスターから電話をもらった直後にそう決めていた。一刻も早く、拘置所にいる石井に知らせたかった。

だが、寝込んでしまった。発熱と悪寒。コタツで寝たのが祟《たた》った。何時に、どうやって帰宅したのかまるで記憶がなかった。

金曜は福西と南島を連れて、ショーパブ『カモン』に行った。平野祐希が働いている店だ。不安が募っていた。悪い予感がする。祐希はよろこび、小栗の席から離れなかった。それでためらい、祐希に忠告の言葉はかけなかった。正確には、かけられなかった。

――あんたの男はそういう稼業なんだ――

――あの連中なら、あんたの身柄と城之内の命を交換するかもしれん――

去年の暮れに己が吐いた言葉は憶えている。口を堅く結んで聞く祐希は必死に耐えているように見えた。それ以来、心が窮屈になった。

一時間ほどで『カモン』を去り、『花摘』で飲んだ。詩織や明日香に誘われるままラーメンを食べ、カラオケボックスに行った。憶えているのはそこまでだ。

綾瀬駅で電車を降り、前回とおなじ道を歩いた。

おなじ風景が目に映る。今回は風がなく、陽射しに温《ぬく》もりを感じる。マンションのベランダに干してある洗濯物の数が多いように思えた。

石井の頭は黒くなっていた。二週間ぶりの再会である。

小栗は軽く右手を挙げ、石井を笑顔で迎えた。

石井が頷き、椅子に座るなり話しかけてきた。

「疲れているのか」

小栗はあきれた。不自由な環境に置かれても、石井の気質は変わらない。

「鬼の霍乱《かくらん》だ。が、インフルエンザじゃなかった」

自分で勝手に診断した。市販の風邪薬をのみ、重ね着をして布団を被《かぶ》った。子どものころ母がそうするよう教えてくれた。たっぷり汗をかいたせいか熱はさがった。が、身体《からだ》の節々が痛く、日曜も大半の時間をベッドの上で過ごしたのだった。

小栗はアクリル板に顔を寄せた。

「代替わりが決まった」

「聞いたよ」

石井がやさしく言った。

小栗は目をぱちくりさせた。

「本人が来たのか」

「ああ。土曜日に来てくれた」

小栗は頷いた。心のある人間なら誰でもそうする。

「すっかり爺《じい》さんの顔になっていた」石井が目元を弛《ゆる》める。「俺もほっとした」

ひらめいた。いましかない。小栗は口をひらいた。

「つぎの公判で殺意を否定しろ」

石井が首をかしげた。表情はおだやかなままだ。ややあって、くちびるが動いた。

「きのう、明日香と弥生《やよい》が来た」

小栗は顎を引いた。空唾をのみ、こみあがる感情を抑えた。

佐伯《さえき》弥生は『ゴールドウェブ』の社員だった。『花摘』でも働いていた。去年の暮れに殺害された太田《おおた》礼乃《あやの》とは親友の仲だという。弥生は、石井が発砲事件をおこしたあと、『ゴールドウェブ』と『花摘』を辞めた。

人それぞれ事情がある。小栗はそう割り切っていた。斟酌《しんしゃく》しなかった。他人の心はわかるはずもない。そう思っていた。

「弥生は、礼乃がいた空間にいることに堪《た》えられなかったそうだ」

言って、石井が何度も首を上下させた。

小栗は黙った。

残りの面会時間をそのままやり過ごしてもいいような気持になった。

小栗はノートを脇にかかえて麻布署五階の取調室に入った。

近藤係長が腕組みをして待ち構えていた。紙コップのコーヒーと灰皿がある。煙草とライターをテーブルに置き、小栗は近藤と正対した。近藤が煙草に火をつけるのを待ってノートをひろげ、鉛筆を手にした。

上段に〈城之内〉〈郡司〉、下段に〈桜場〉〈高橋〉〈長谷川〉と書いてある。

これまで城之内の話を避けてきたが、洗いざらい喋ると決めた。あとは近藤がどう判断するか。だが、近藤の判断で自分の意思がゆらぐことはない。その自信はある。

口火を切った。

「最終報告だと思ってください」

近藤の眉間に縦皺《たてじわ》ができた。

「係長は、飯倉片町で進められている複合施設の建設計画を知っていますか」

「もちろんだ。事業主の北進建設がうちの署長に挨拶したと聞いている。建設事業にトラブルはつきものだからな。根回しのつもりだろう」

「いつのことですか」

「もうずいぶん前だ。半年は過ぎたかな」

言って、近藤が煙草をふかした。表情に余裕が戻った。

「城之内はトラブルの処理をまかされた交渉人です。依頼主は北進建設の子会社の上杉設計事務所で、交渉の相手は地元の割烹店《かっぽうてん》です。トラブルの原因の詳細はつかめていませんが、相手は桜場プランニングの社長に交渉を一任したようです。さらに、桜場のうしろには黒井事務所の高橋事務長がいると思われる」

「なんだと」近藤の眉がはねた。「黒井事務所は、交渉相手の調査、監視を麻布署に依頼したというのか」

「そのとおりです」小栗は煙草を喫いつけた。「警察だけじゃない。高橋事務長は旧知の仲の長谷川も動かした。長谷川はご存知ですね」

「東仁会の若頭だな。うちの内林課長とは入魂《じっこん》の仲だと聞いている」

小栗は頷き、お茶を飲んだ。口中が乾いてきた。話を続ける。

「去年の暮れ、城之内は長谷川の身内に襲われ、大怪我《おおけが》をした」近藤が目をまるくする。

思いあたったのだ。小栗は無視した。脇道に逸《そ》れたくない。「城之内の東京での後見人である郡司が仲裁に入り、和議が成立した。先週のことです」

「郡司は」近藤が言う。「金竜会の跡目を継ぐとか」

「ええ。それも先週末に決定しました。郡司は神俠会の直参になるそうです」

「ほう」

よく調べたな。近藤の顔にそう書いてある。きょうは冗談もでないのか。

「ここまではいいですか」

「ああ。このノートの相関図はわかった」

「では、いったん城之内は脇に置いて、桜場瑠衣の誘拐未遂と、桜場プランニングへの脅迫電話の件に移ります」煙草をふかし、灰皿に押しつぶした。「大学の正門前で桜場瑠衣に声をかけた連中を特定しました」

近藤が目をしばたたく。顎があがり、うしろに倒れそうになる。

小栗は、岩屋の報告をそのまま話し、最後に私見を口にした。

「実行犯三人を雇ったのは蒲田の暴力団幹部で、その暴力団は東仁会の枝です」

岩屋から暴力団の名称と幹部の名前を聞き、警察データで確認した。

「つまり、長谷川の指示だったと」近藤が怪訝《けげん》そうな顔をして言う。「変じゃないか」右手の人差し指をノートに立てる。「高橋事務長と長谷川はツーカーの仲なんだろう。それなのにどうして、桜場の娘を襲うんだ」

「猿芝居です」小栗はあっさり言った。「高橋は城之内がめざわりだった。で、長谷川に城之内の始末を依頼した。が、失敗し、次善の策を講じた。警察を利用し、城之内の動きを封じようとしたのです。そのための名分がほしかった。しかし、事件にすれば自分らの悪事が表にでるおそれもある。城之内襲撃が事件として扱われるかもしれない。だから、高橋は、捜査ではなく調査だと釘《くぎ》を刺したのです」

「なるほど」

近藤の鼻の穴がひろがった。

「岩屋さんによれば、脅迫電話はでっちあげの可能性が高いそうです」

「くそっ」近藤が毒づいた。「警察をコケにしやがって」

「最後の事案です」小栗は畳みかけた。「桜場の傷害事件は郡司組の犯行と思われる」

「はあ」近藤が頓狂な声を発した。表情がころころ変わる。壊れた信号機だ。「郡司が城之内に加勢したというのか」

「それはないでしょう。郡司は、神戸の五島組に頼まれて城之内の面倒を見ていた。が、城之内を煙たがっていたという情報もある。城之内と長谷川のトラブルが原因で郡司の跡目相続が遅れているとのうわさも耳にした。郡司にしてみれば胸に爆弾をかかえているようなもので、城之内に加勢するとは思えません」

「それならどうして桜場を襲うんだ」

「そのことで迷いました」小栗は正直に吐露した。「たどりついた推論を言います。郡司は仲裁に走る一方で、長谷川と手を組み、飯倉片町の利権に手をつけた」

「推論の根拠は」

「内林です」

　小栗は呼び捨てにした。ノートの中央に〈内林〉と書き、〈長谷川〉と線でつないだ。

「おそらくここも」言って、〈高橋〉〈郡司〉とも線で結ぶ。

　近藤が口をもぐもぐさせた。

小栗は間を空けない。

「傷害事件の実行犯は郡司組の関係者。手引きしたのが内林です」

「ほんとうか」

「はい。ネネの美麗というホステスも一役買った。美麗が桜場を誘いだし、内林は郡司組に連絡し、犯行現場付近に待機させた」

「証拠はあるのか」

「岩屋さんが美麗の通話記録で確認しました。〈来る〉、〈出る〉と内林にメールを送っています。犯行前日と当日の昼には、内林が美麗に電話をかけていました」

うなりながら、近藤が腕を組んだ。証拠になるか思案するのだろう。

小栗は話を続けた。

「容疑者がうかびました。ひとりは郡司組の幹部です」

「ウラは取れるのか」

「取れなければ、戯言《たわごと》と忘れてください」

「いいだろう」近藤が腕を解いた。「ひとつ疑念がある」

「なんですか」

「郡司が飯倉片町の利権に手をつければ、城之内は激怒するだろう。それとも、郡司なら仕方がないと諦めるのか」

「城之内は狂犬です。郡司に牙を剝《む》くでしょうね」

小栗は感情を抑えて言った。

「そんなことが……」

近藤が声を切り、椅子にもたれた。小栗の気迫に押されたか。

小栗はお茶を飲み、煙草をふかした。城之内のことを説明するつもりはない。

自分の推論は的を射ていると思う。城之内と長谷川の和議が成立すれば、代替わりへの障害はなくなる。さらに万全を期して、めざわりな城之内をつぶしにかかる。その意図もあって飯倉片町の利権に手をつけたのではないか。

推測があたっていれば、この先の展開は読める。読みたくもない展開だ。

「内林は」近藤も呼び捨てにした。頭が混乱しているのか、腹を括《くく》ったのか。「高橋と長谷川、それに郡司を加えて、三股を掛けているのか」

「そう思います」

「これから、どうする」

「係長の判断を聞かせてください」

「酷な注文だな」近藤が苦笑した。「内林は俺らの上司だ。報告する相手もおなじ。内林の関与を伏せたところで、桜場の娘と脅迫電話の件を正直に報告すれば、内林の怒りを買うはめになる。そりゃそうだろう。黒井事務所の要望は城之内の身辺調査。誘拐未遂と脅迫電話を捜査しろとは言われてないのだ」

「では、どうするのですか」

「そう急《せ》かすな」近藤がうっとうしそうに言う。煙草をくわえ、天井にむかって紫煙を飛ばした。「こっちは二股をかけるか」

「はあ」

「内林には城之内に関することだけ報告する。で、誘拐未遂と脅迫電話については、俺が署長に会って話す」

「できますか」小栗は顔を近づけた。「署長は内林の言いなりでしょう」

「見くびるな」近藤が語気を強めた。「裏ガネを集めているのは俺だ。内林にはそんな能力も人望もない。警察権力といえども、高飛車にでれば反発を買う。署長はそのへんのところを理解している。ついでに言えば、いまの署長は内林を快く思ってない。我が物顔の振舞が気に入らないんだ」

近藤が立て板に水のように喋った。途中から得意げな顔になった。

小栗は椅子にもたれた。

「おまかせします」

疑念もあるが、近藤を追い詰めるのは酷というものだ。二股をかけて、それが奏功するとはかぎらない。手痛いしっぺ返しを食うかもしれない。署長が内林をうとましく思っているのが事実だとしても、黒井議員とのしがらみがある。

「ただし」近藤が言う。「署長に報告するのは、推論を事実にしたあとだ」

「わかりました」

「もうひとつ、条件がある」

「なんですか」

「署長に直談判するには捜査の正当性が必要になる。捜査事案になっていない誘拐未遂と脅迫電話の件を、なぜ調べたのか」

言って、近藤が首をひねる。さぐるような目つきになった。

小栗には読めた。長いつき合いだ。ひらめきが声になる。

「捜査一係と連携する。そうですね」

「桜場の傷害事件に絡めれば署長も納得する」

近藤がにやりとした。

それに誘われ、疑念が声になる。

「黒井議員の圧力は大丈夫ですか」

「先生はかかわっていないのだろう」

「ええ。間違いないと思います」

「それなら心配いらん。わが署とこじれて、むこうが得をすることはない。間近に都議会議員選挙を控えているのだ。俺らが事実を突きつければ、高橋事務長は退く。黒井先生を動かすことはない。へたに動いてマスコミに知れれば元も子もなくなる。秘書や事務長がのさばり、利権を食い漁《あさ》ることができるのも、議員の後ろ盾があるからだ」

先の展開も読めてきた。

近藤は署長に報告したあと、署長同席の場で、高橋と談判するつもりなのだ。それなら内林も口をはさめない。最悪の展開になればマスコミを利用することもあり得る。胆を据えたときの近藤はあっとおどろくようなことを平気でやる。

小栗はゆっくり煙草をふかした。これで気兼ねなく行動できる。

近藤の顔も穏やかになった。

「ところで」小栗は話しかけた。「冷え性のほうは、どうです」

「こんやから湯たんぽを抱いて寝る。心が凍りつきそうだ」

小栗は声を立てて笑った。

ようやく近藤の泣き言を聞けた。

夕方、小栗は、岩屋と連れ立って麻布署を出た。

風が強い。寒の戻りか。青空だが、肌を刺す冷たさだ。

すこし歩き、六本木の蕎麦《そば》屋に入った。開店直後なのか、先客はひと組だった。ホステスふうの女が二人。片方が甲高い声で喋りまくっている。

小栗らは奥の席に座った。熱燗《あつかん》に天ぷらの盛り合わせと玉子焼き、板わさを注文した。

二人して煙草をふかした。

絣《かすり》姿の女店員が徳利と板わさを運んできた。

岩屋が徳利を持ち、差しだした。

「いい知恵はうかんだか」

「いいえ」小栗はぐい呑《の》みを持ちあげる。注がれた酒を飲む。「その代わりと言ってはなんですが、おもしろい話を耳にしました」

「ほう」岩屋が声を発し、ぐい呑みをあおった。「どんな話だ」

「桜場が襲われた直後、郡司組の男がネネにあらわれた」

小栗は、『ネネ』の坂上店長の話を聞かせた。

「気になるな」ぼそっと言い、岩屋が首をひねる。「郡司組も絡んでいるのか」

「たぶん」

小栗はそっけなく返した。想定内の質問である。近藤係長も気にした疑問である。小栗は、近藤に話した推論を岩屋にも聞かせた。

「なるほどね」感心したように言い、岩屋が手酌酒をやる。「どこの世界もおなじか。世の中、思惑だらけで嫌になる。もっとシンプルでいいじゃないか」

「ごもっとも」

小栗は相槌《あいづち》を打ち、蒲鉾《かまぼこ》をつまんだ。大葉にはさんである山葵《わさび》が鼻についた。

岩屋が口をひらく。

「いまの話、近藤係長に報告したのか」

「先ほど。腹を括ったようです」

岩屋がおおきく頷いた。意味が通じたのだ。

小栗はテーブルに片肘をのせた。

「そこで、お願いがあります」

「わかってるさ」岩屋が目元を弛める。すぐ真顔に戻した。「じつは弱っていたのだ。内林のケータイの相手を見つけだすのは容易じゃないからね」

「わかります」

「再度、防犯カメラの映像をチェックしてみる。犯行直後にひとりで映っていた男と、暴力団関係者および犯歴のある者を照合する。それとは別に、範囲をひろげて防犯カメラの映像を回収し、犯行前に郡司組の海野が映っていないか精査する」

岩屋がまくし立てるように話し、ぐい呑みを口に運んだ。

「ほかにやることはあるか」

「ないです。あとは、吉報を待ちます」

小栗は笑顔で言った。

そこへ女店員が天ぷらの盛り合わせと玉子焼きを持って来た。

いつのまにか客が増え、半分の席が埋まっていた。

しばらく無言で食べた。岩屋が熱燗を追加する。ついでに、小栗は辛味大根のおろしそばを頼んだ。岩屋がにこりとし、「二つ」と言い添えた。

小栗は箸を置いた。

「もういいのか」

言って、岩屋がすべてたいらげた。

小栗はそれを見つめていた。刑事部署の捜査員は凄惨《せいさん》な死体現場を見たあとでも食欲がおちないという。岩屋はそれを超越している。心底そう思う。

岩屋が目を合わせた。

「城之内に動きはあったか」

「わかりません」

「張りついてないのか」

「そんなことをしてもむだです。あいつは誰にも止められない」小栗はぐい呑みをあおった。トンとテーブルに置く。「平野祐希を警護しています」

「警護……」

岩屋が語尾を沈めた。顔にとまどいの気配がにじんだ。

そうなるのもわかる。警察の通常任務で身辺警護は行なわれない。ストーカーにおびえる者に対しても周辺のパトロールを行なう程度である。ましてや、祐希は被害者でも何でもない。おそわれる危険にさらされているという確たる情報もない。

「職務逸脱は承知の上です」さらりと言った。「後悔はしたくない」

「やはり石井の件を引きずっているのか」

「そうかもしれない。違うかもしれない。が、気が済まないいんです」

「そうか」岩屋が息をついた。「助っ人はいるのか」

「福西と地域課の南島に頼みました。警護といっても、昼間は安全だと思うので、出勤してから帰宅するまでのことです」

「うん、うん」岩屋が声をだして頷く。「それだけでも本人は心強いだろう」

「話していません」

「えっ」岩屋が目をぱちくりさせた。「どうして」

「祐希にむごいことを言いました。あんたの身柄と城之内の命を交換するかもしれないと……祐希が修羅場を見た翌日に……俺は鬼です。それなのに、祐希は俺を恩人だと……俺の前では笑顔をふりまいている。もう不安にはさせたくない」

途切れ途切れのもの言いになった。

祐希の話は誰にも言わないと決めていた。福西と南島には警護の理由をごまかした。それなのに、岩屋と話しているうち感情を吐きだしたくなった。

「福西と南島に」岩屋の目が光っている。「わたしのケータイの番号を教えてくれ。もしものときはイの一番に駆けつける」

小栗は眉尻をさげた。聞きたくないひと言だった。

岩屋が言葉をたした。

「当然じゃないか。そうなったときは、捜査一係の出番だ」

「ありがとうございます」

小栗は頭をさげた。

「これで、やることは決まった」岩屋が表情を弛める。「つき合ってくれないか」

「どこへ」

「花摘さ。あまり早く帰ってもね」

言って、岩屋が肩をすぼめた。こまったような顔になる。

岩屋さんも人の子だったんですね。

軽口がでそうになった。

★

★

赤坂にある『上杉設計事務所』のオフィスはひっそりとしていた。照明の光度をさげた室内に人はいなかった。月曜の午後九時になる。

通いなれた部屋だ。

城之内は右手にある所長室のドアを開けた。

応接ソファに二人の男がならんで座っていた。所長の上杉と、『北進建設』の古川総務部長。どちらも笑顔を見せた。

ソファにジャケットを掛け、上杉の前に腰をおろした。

「夜分に集まってもろうて、申し訳ない」

城之内は下手にでた。「緊急に話したいことがある」上杉に電話で言った。きょうの昼過ぎのことだ。『黒井義春事務所』の高橋事務長から連絡があった直後だった。夜の会合を提案したのも城之内である。

「とんでもない」上杉が言う。「緊急と言われれば深夜でもかまいません」

おためごかしには反応しない。城之内は煙草をくわえ、火をつけた。

「お訊《たず》ねしてもいいですか」古川が遠慮ぎみに声を発した。城之内が頷くのを見て言葉をたした。「どうして、わたしも呼ばれたのでしょうか」

「安心してもらうためや」さらりと返した。「俺のやることが手ぬるいのか、本社が不安になっているというので、同席をお願いした」

「手ぬるいなんて、めっそうもない。城之内さんの手際のよさには常日頃から感服しております。上杉所長も安心してまかせられると、いつも申しております」

「お世辞はええ」

城之内はぞんざいに言った。

これでも堪《こら》えている。

なんやねん、こいつ。胸では毒づいた。昼間の鮨《すし》屋と、夜のクラブ。わかっているだけでも二度、古川は高橋に会っている。探偵の安田が撮った写真を見て、舌が鳴った。その直前に会った上杉とのやりとりが頭に残っていたからだ。

——先方の要望を検討することになりました——

上杉が申し訳なさそうに言った。

——俺の捌《さば》きや。勝手にことを進めるな——

城之内はそう声を強めたが、上杉はめずらしく粘り腰を見せた。

——お怒りはごもっとも。ですが、本社は警察ざたになるのも案じています——

——桜場プランニングのうしろには黒井先生が、黒井先生の背後には警察組織がついている。わたしのことはどうでもいいが、もし北進建設に捜査のメスが入れば甚大な損失を被る。リスクは避けるべきというのが本社の意向です——

結局、靖国神社の桜が咲くまでにと条件をつけて、上杉を納得させたのだった。

が、そのときはすでに古川が動いていたのだ。

自分に見切りをつけて直接交渉に乗りだしたのか。次善の策の布石を打ったのか。いずれにしても、先方の要望を検討する段階を超えているのはあきらかだった。

不信感は拭えなくても、怒りを抑えられた。自分の雇主は上杉である。その上杉と約束を交わした。東仁会の長谷川と和議が成立すれば足枷がはずれ、一気《いっき》呵成《かせい》に事を運べる。そういう自信もあった。

きょうは『北進建設』の本音をさぐるために古川を呼んだ。

この場で古川に問い質《ただ》してもらちはあかない。古川はどうにでも言いのがれできる。安田は高橋と一緒にいる古川を目撃しただけで、二人の会話を聞いていないのだ。

芝三丁目の『黒井義春事務所』で高橋を攻めるのも得策ではないと判断した。会話を録音していたからだ。自分の胸の内をさらすようなまねはしない。

いざとなれば、古川でも高橋でも、どんな手段を使っても口を割らせる。

紫煙を吐き、城之内は上杉を見据えた。

「安心しろ。あすにでもケリがつきそうや」

「ほんとうですか」上杉の声がはずんだ。「それはなによりです」

「心配をかけたな」

「そんな、とんでもない。城之内さんが期限を切られたので安心していました」

「本社も」古川が口をはさむ。「よろこびます」

「そうかい」

城之内はそっけなく返した。

古川は口元を弛めたが、目は笑っていなかった。

「それで」上杉が言う。「どのように決着がつくのでしょうか」

「こっちの完勝や」

「割烹店とは仮契約の内容で本契約に移るということですか」

「ああ」用意してあったお茶を飲む。「まずは、いちゃもんをつけてた桜場プランニングと覚書を交わす。それを持って、料理屋の主人と交渉する」

「覚書とは」古川が割って入った。「どういう内容ですか」

「あんたらは知らんでええ。企業秘密や」

「そうおっしゃられても」古川が眉をひそめる。「本社に報告のしようがありません」

「せんでええ」

「えっ」

「勝負は下駄を履くまでわからん。けど、桜場との覚書は間違いない。そっちは本契約を結ぶ準備をしといてくれ」

「しかし」古川が前かがみになる。「覚書に至る経緯を教えていただかなければ、本社は安心しないと思います」

「本社、本社とうるさいのう」城之内は目で凄んだ。「あんたの肩書はただの飾りかい。ゼネコンの総務部長は汚れ仕事の総責任者やないか」

「それでも、一社員です」

古川がきっぱりと言った。

「さすがや」城之内は目元を弛めた。「総務部長ともなれば骨の太さが違う」

半分は本音で、半分はからかった。細くても硬い骨はある。

となりで上杉が迷惑そうな顔をしている。

上杉も元は『北進建設』の総務部長だった。その実績を評価して『北進建設』は『上杉設計事務所』を設立し、最前線での交渉事を上杉に委ねたのである。

上杉にしてみれば、元部下でもある古川の介入は心外だろう。だが、古川が〈本社〉を口にするかぎり、古川を無視するわけにはいかない。

「しゃあない。ここは上杉さんの顔を立てたる」

言って、城之内は胸ポケットのボイスレコーダーを取りだした。

「黒井事務所の高橋とのやりとりや」

「ほう」上杉が目をまるくした。「高橋事務長と話したのですか」

「ああ。前にも報告したとおり、桜場は交渉役に担がれた張り子の虎や。汚い絵図を描いたんは高橋。で、直談判した」

「よく会えましたね」

「事務所に押しかけた。嚙《か》んでふくめて話したら納得したわ」

上杉が頰を弛めた。普通の交渉でないことはわかっているのだ。

となりで、古川が顔をゆがめた。

城之内は見逃さない。が、あえて無視し、あたらしい煙草に火をつけた。

「それを」古川が言う。「聞かせてください」

「あかん」声を張った。「きっちりケリがつくまでは俺のもんや。本契約が無事に済めば、カネと引き換えに渡したる。祝宴の席で聞かんかい」

「……」

古川がくちびるを曲げる。うらめしそうな目になった。

「きょうはこれまでや」言って、城之内はジャケットの内ポケットをさぐった。領収書の束を上杉に差しだす。「つぎでええ。報酬と一緒にもらう」

報酬は依頼の内容によって額が異なる。今回の成功報酬は五百万円。複合施設建設の総予算からすれば微々たるものだ。経費は別。報酬も経費も現金で受け取る。アシを残さないためだ。『上杉設計事務所』は裏ガネで処理する。

「承知しました」

上杉が応じた。声はすっかりあかるくなった。笑顔を見て、老婆心《ろうばしん》がめばえた。わずかばかりの不安も湧いた。

「すべてはあしたや」自分に言い聞かせるように言う。「料理屋の主人が判子を捺《お》したら、九段下の鴨《かも》そばを食わしたる」

上杉が目を細めた。

あいかわらず、古川は仏頂面を見せている。


きょうは車をマンションの敷地内に停めた。〈都民歓迎　都政相談〉。目の前に墨文字で記した木の看板がある。一瞥《いちべつ》し、車を降りる。

城之内は『黒井義春事務所』のドアを開けた。約束の午前十時だ。

女事務員がバネ仕掛けのように立ちあがる。顔は強張《こわば》っていた。

「事務長はおられますか」

城之内はおだやかに訊いた。

「いいえ」

「アポは取ってあるのだが」

「はい。伺っております。ですが、先ほど連絡があり、昨夜から熱をだして行けそうにないそうです」女が苦しそうに言う。「城之内様には日を改めてと」

女事務員はまともに目を合わさなかった。

怒鳴りつけたところで意味がない。

「事務長に電話していただけませんか。どうしても確認しておきたいことがある」

「そうおっしゃられましても」声を切った。城之内に睨《にら》まれたからだ。女がふりむく。年《とし》嵩《かさ》の女が頷くのを見て、視線を戻した。「わかりました。お待ちください」

女がデスクに座り、固定電話の受話器をつかむ。ボタンを押した。

「つながりません。ケータイの電源を切っているようです」

「では、自宅に」

城之内はデスクに近づいた。

女がのけ反る。ほかの者も顔をひきつらせた。城之内の素性を教えられたか。

それなら気遣いは無用だ。

「早うせえ。相手がでたら、俺が話す」

女が電話にふれた。短縮だった。名乗り、用件を告げる。泣きだしそうな声だった。話しぶりから高橋の女房と見当がついた。

城之内は受話器を奪い取った。

「ご主人に替わってください。急用があります」

《あなたは》

「北進建設の古川です」

とっさに言った。

「あら、古川さんなの。なんか、声が違っていたから」

「寝不足のせいでしょう。じつは、十時に約束をしていたもので」

「それなら直に着くんじゃないかしら」

「でかけられたのですか」

さりげなく訊いた。発熱の話は避けたほうがよさそうだ。

「もう一時間になるかしら」

「わかりました。では、事務所で待たせてもらいます」

通話を切った。長話はあぶない。標準語を意識しても、関西訛《なまり》は残る。

城之内は女事務員に声をかけた。

「ほんまに風邪やと言うたんか」

「はい」

「俺のことは聞いたか」

女がこくりと頷く。空唾をのんだようにも見えた。

「どう」顔を近づける。「はっきり言わんかい」

「追い返せと……居座るようなら、警察に通報しなさいとも」

「警察を呼んでもかまへん。けど、そのあとここに家宅捜索《ガサ》が入ることになる」

女がぶるぶると首をふる。早く出て行ってくれ。目が訴えていた。


車に戻ってエンジンキーを挿し、煙草を喫いつけた。咽《のど》がひりひりする。

「くそ、どあほ」

声がでた。

己を罵った。致命的なミスだ。高橋とのやりとりを録音したことで、気が弛んだ。さらなるミスもかさねた。きのう『上杉設計事務所』でその話をしたことだ。『北進建設』の古川にあおられ、ボイスレコーダーを見せてしまった。

高橋が独断で約束を反故《ほご》にするとは思えない。高橋にとって『黒井義春事務所』は米櫃《こめびつ》も同然。雲隠れはできないのだ。一時的に姿を隠し、策を練る算段か。

桜場も消えた。勢いで乗り込んだ『桜場プランニング』に桜場はいなかった。「関西に出張中です」応対した女社員はそう告げた。城之内が名乗ったとき、楕円形《だえんけい》のテーブルで作業をしていた男はこちらを見て、目をまるくした。

立て続けに煙草をふかしたあと、携帯電話を手にした。耳にあてる。

「いま、どこや」

《赤坂だ。マルタイは八時半に出社。そのあと、姿を見せない》

探偵の安田が答えた。

けさから『上杉設計事務所』の上杉に張りつかせている。ほんとうなら『北進建設』の古川を見張らせたかった。が、ひとりではむりだ。北進建設本社ビルは三十二階建て。中に入れれば動きは見えない。地下駐車場の出入口は二箇所ある。

「教えろ。オートロックのマンションに入るにはどうすればいい」

《簡単だ》安田がにべもなく言う。《どこに入る。矢野恵理子のマンションか》

舌が鳴りかけた。我慢し、口をひらく。

「ああ。どうするか、言え」

《時間を言ってくれ。小道具を持って、俺も行く》

「ええやろ」迷いは消した。こうなれば出た処《とこ》勝負だ。「一時間後でどうや」

《わかった。あのマンションの正面左側、二十メートルのところに駐車場がある》

「頼む」

言って通話を切り、エンジンをかけた。

港区芝の駐車場に車を入れた。

安田が姿を見せた。手におおきな紙袋をさげ、助手席に乗った。

「これを着ろ」

 安田が衣服を取りだした。宅配業者の作業着だ。胸と腕にある社名とロゴは見知っている。安田もおなじものを着ている。

城之内はそれに着替え、最後にロゴ入りのキャップを被《かぶ》った。

安田が口をひらく。

「理由は聞かん。殴られ損だからな。相手は高橋か」

「ああ。けど、おるかどうか、わからん」

ほんとうのことだ。が、ほかは思いつかなかった。安田の報告書を読むかぎり、女のマンション以外に身を隠す場所がないのだ。唯一の不安材料は、城之内が女の過去を教えたことである。女に近づきたくなければホテルか。そのときはそのときだ。

城之内は言葉をたした。

「おまえは帰れ」

「それでもいいが」安田が言う。「高橋に面が割れてないのか」

「キャップで隠す」

「俺にまかせろ。そのほうが安全だ。あんたは関西訛がきつすぎる」

にやりとし、安田がそとに出た。

マンションのエントランスには安田がひとりで入った。城之内は玄関脇の壁にくっついた。エントランスの防犯カメラの死角になり、安田を見られる位置だ。

ふりむいて合図を送り、安田がインターホンの台座に近づく。

「こんにちは。コネコ運輸です。お品物をお届けにあがりました」

声が聞こえた。慣れたものだ。

《開ける》

かろうじて聞こえた。男の声だ。

安田が右腕をうしろにまわし、親指を立てる。

ひと呼吸置き、城之内はエントランスに入った。自動ドアが開く。

「先に帰ってろ」

言って、城之内は安田が胸にかかえる宅配物を取った。


エレベーターを十階で降り、一〇一三号室の前に立った。表札に〈矢野〉とある。

キャップの庇《ひさし》をさげ、デパートの包装紙に包まれた箱を抱く。やたら軽い。玄関ドアの正面に立ち、インターホンを押した。

ほどなく金属音がし、ドアが開いた。顔が半分だけ覗《のぞ》く。高橋だ。

城之内は左足をだした。

「あっ」

高橋が両手でドアを閉めようとする。

城之内は引っ張った。あっけなくドアが開く。右の拳を伸ばした。高橋がもんどりを打つ。さっと中に身を入れ、股間に蹴りを見舞う。うめき、高橋が股間を押さえた。パジャマを着ている。上着のボタンはかけていなかった。

城之内はドアの鍵を閉めた。靴を脱ぎ、パジャマの襟をつかむ。

「立て。中に案内せえ」

リビングに入るなり、腰を蹴った。高橋が床に転がる。

「なによ、あんた」

女が金切り声をあげた。ソファに寝そべっていた。女もパジャマ姿だ。

「うるせえ」

近づき、平手で女の頬を張る。ひるんだところをうつ伏せにした。革ジャンのポケットからビニール紐を取りだし、後ろ手に縛る。

「やめろ」

高橋が叫んだ。床に腰をついたままだ。

城之内は高橋を殴りつけ、手首を縛りつけた。高橋のパジャマを剝ぎ取り、まるめて女の口に突っ込む。

「寝てろ」

女を引きずりおろし、足首も縛った。床に転がす。

「こっちにこい」

高橋に命じた。

身体をゆすりながら立ちあがり、高橋がソファに座った。歯が鳴っている。すでに顔から血の気が引いていた。くちびるから血が滴る。

城之内はテーブルに腰をおろした。煙草をくわえ、ライターを持つ。

足元で音がした。女が足をばたつかせている。

「丸焼きにするぞ」

女のパジャマの裾をつかみ、ライターの火を近づけた。

音が止《や》んだ。女が目を剝き、はげしく頭をふった。

城之内は煙草をふかし、高橋を見据えた。

「俺との約束を破って、おなごを抱いてたんかい」

「ち、違う」

「ほな、どういう了見や」

「止められた……わたしは約束を守るつもりだった……信じてくれ」

高橋が必死の形相で言った。呂律《ろれつ》がまわらなかった。

「誰が止めた」

「内林」声が弱くなる。「麻布署の内林……きのうの夜中に電話がかかってきて……三日ほど身を隠せと……その間に片をつけると」

「夜中とは何時や」

「十一時は過ぎていたと思う」

城之内は煙草を持つ手で顎をさすった。上杉の事務所を出たのは十時ごろだった。煙草をふかして間を空ける。じっくり話を聞くしかなさそうだ。

「順を追って訊く。内林も初めから飯倉片町の物件に絡んでたんか」

高橋が首をふる。すこしはおちついたか。くちびるのふるえが止まった。

「上杉設計事務所があんたを代理人に立てたあとだ。あんたの素性を知りたくて、内林に相談した。それがきっかけだった」

「素性を知って、東仁会の長谷川にも相談したわけか」

高橋が目を見開き、すぐにうなだれた。

城之内は腕を伸ばした。後頭部の髪をつかむ。ほとんど手応えがなかった。

「カスどもに俺を襲わせた。そうやな」

「わたしじゃない。ほんとうだ。内林が……」

語尾が沈んだ。

手に力をこめた。髪がぬける。

「遠慮はいらん。正直に謳《うた》え。ゴキブリ一匹死んだところでと、言われたか」

「後始末はしてやると……長谷川さんも乗り気だった。欲に目がくらんだのだ」

「おまえが言うな」一喝した。「で、しくじったあとは」

「それなんだ」高橋がすがるようなまなざしをむける。「長谷川さんは身動きが取れなくなったので、あとは郡司組にまかせると」

「なんやて」思わず声がはねた。「ほんまか」

「うそじゃない。わたしは、内林の紹介で郡司さんに会った」

「いつのことや」

早口になった。心臓が暴れている。

「今月の初めだった」

城之内は顔をゆがめた。歯軋《はぎし》りしそうだ。

思いあたるふしがある。

——午後七時前、けやき坂のグランドハイアット東京に入る。玄関口でやくざふうの二人の男に迎えられた。二人の視線がめざわりで、接近できず。ロビーで三時間ほど待つも、高橋の姿は捉えられなかった——

安田の報告書にはそんなことが書いてあった。節分の日だったか。そのころはもう、郡司は長谷川を相手に和議にむけた交渉を再開していた。

その一方で、飯倉片町の利権をむさぼる相談をしていたことになる。

頭をふって、口をひらいた。

「渡りに船と、尻尾《しっぽ》をふったか」

「逆だ」高橋が声を強めた。「わたしは拒否した。郡司さんは何かと悪いうわさが多い。一度でも手を組めば、黒井先生にまで近づくのではないかと不安になった。だが、むこうは退《ひ》かなかった。こんどは桜場を狙った」

「桜場を襲うたんは郡司の手下か」

「わからん。が、そのとき、つぎは殺すと威されたそうだ。翌朝に内林が連絡をよこし、あんたは動くなと言われた。そのあと桜場は、内林の仲介で郡司さんに会った」高橋が首を左右にふる。「駄々をこねるような仕種《しぐさ》だった。「手を組む約束をさせられたと……事後報告だよ。まったく。あいつは先生のことなどまるで頭にないんだ」

最後は愚痴っぽくなった。

あんたはどうなんだ。

言いそうになる。煙草で間を空けた。

「ところで」どすを利かせた。動揺は収まりつつある。「北進の古川とはどういう仲や」

「えっ」

「あんたが二人で会うたんは先刻承知や」

「あれはむこうから……折り入って相談したいことがあると言われた。電話がかかってくるまで古川のことは知らなかった」

「相談の中身は」

高橋が眉尻をさげた。こまったような顔になる。

城之内は見当がついた。

「ゴキブリ以下か」

高橋が首をふる。否定したようには見えなかった。

「いつまでも城之内にまかせてはいられないと。警察や世間の目がきびしくなる一方なので、縁を切りたいとも」高橋が言葉を選ぶように言った。「もちろん、こちらに異存はない。交渉が円満にまとまるのであれば、それに越したことはない」

「で、どういう話になった」

「こまかい話は桜場にと伝えた」

「楽な稼業やのう。面倒なことはすべて桜場か」

「人にはそれぞれ役割というものがある。だが、桜場はそれを超えてしまった」

高橋が顔をゆがめた。

「どういうことや」

「わたしの承諾もなく、覚書を交わした。おそらくカネをつかまされたんだろう」

「覚書の内容は」

早口になった。身体がうきそうだ。

「上杉設計事務所とは別に、北進建設と桜場プランニングの間で、飯倉片町の複合施設建設の用地買収に関する交渉を進める……そういう文面だった」

「いつの日付や」

「先週の金曜になっていた。わたしがそれを見たのはきのうだよ」声に不満の気配がまじった。「あなたに連絡したあと、桜場を事務所に呼んだ。その場で飯倉の件から手を引くと言ったら、桜場が血相を変えて、いまになってと怒りだした。わたしが手を引くのは勝手だが、自分は降りないとも……そのとき、覚書を見せられた。まったく。わたしをないがしろにして、何様のつもりだ」

高橋の顔が赤くなる。いま置かれている立場を失念したようだ。

「どっちもどっちや」

城之内は投げやりに言った。怒髪天を衝《つ》いているのは自分のほうだ。

「はあ」

「あんたも事後承諾やないか」

「それは……」

高橋が口ごもる。絵図を描いたのは自分だと言いたかったのか。

無視した。もう高橋に用はない。

「桜場はどこや」

「知らない。訊いたが、言わなかった」

「思いあたる場所は」

高橋が首をふる。

「絶対に安全な場所だと……交渉がまとまるまでそこにいるとも言った」

「あんたも動くな。俺がええと言うまで、誰とも接触するな」

「それでは仕事にならない」

「直にケリをつけたる。それまでおなごと寝てろ」

言い置き、城之内は腰をあげた。


車を駆って、赤坂へむかった。運転しているあいだ、頭の中に何匹もの蠅《はえ》が飛んでいるようだった。信号無視をしたかもしれない。

オフィスビルの地下駐車場に車を停めた。降りたところで、携帯電話が鳴った。探偵の安田からだ。近くにいるのか。周囲を窺《うかが》う余裕はなかったようだ。

「なんや」

《無事でよかった》

「つまらんことを。どこにおる」

《目と鼻の先だ。なにかあれば呼んでくれ》

「ああ」

通話を切った。エレベーターに乗る。

「こんにちは」

笑顔で言う社員を無視し、所長室のドアを開ける。

「城之内さん」デスクにいた上杉が声を発し、立ちあがる。「早かったですね」

城之内は突進した。胸倉をつかみ、上杉を壁に押しつける。

「てめえ、よくもコケにしてくれたな」

唾が飛び、上杉の顔を汚した。

「なんですか、いきなり」上杉が両手で城之内の手首をつかむ。「わけを……」

「うるせえ」城之内は手を放した。どうやら読みはあたったようだ。「座れ」

応接ソファで向き合った。

女子社員がお茶を運んできた。一礼して立ち去る。

ひと口飲み、城之内は煙草をくわえた。視線は上杉を捉えたままだ。キツネにつままれたような顔をしている。不安やおびえの様子は感じ取れなかった。

「あんたも俺とおなじ立場のようやな」

普通の声に戻った。感情も鎮まりかけている。

「どういう意味です」

「トカゲの尻尾よ」

「はあ」上杉が顎を突きだした。「わかるように説明してください」

「その前に聞かせろ」煙草をふかした。「北進の古川はどんな野郎だ」

「以前にお話ししたとおりです。元部下で、二十年近く一緒に仕事をしました。彼は途中で二度部署を移りましたが、基本的に総務一筋です」

「信頼を置いていたわけか」

「ええ」声が弱くなった。「しかし、どうしてそんなことを訊かれるのですか」

「本音を言わんかい。信頼してるんか」

上杉が短く息をつき、おもむろに口をひらく。

「わたしがここに来てからは距離が空いたように感じています。むりもない。組織のトップとはいえ、子会社ですからね。古川は仕事ができるし、野心家です。わたしが本社を離れてからは専務に接近しているとのうわさを聞いていました」

「あんたは専務と親しくないんか」

「あまり。長く、いまの社長にかわいがられていました」

「派閥か」声にため息がまじった。「うっとうしいのう」

「もう割り切っています」上杉が目元を弛めた。「あと一年。役員改選で社長が退任することになれば、わたしも身を退く」

声に気負いは感じなかった。未練の気配も窺えない。

「それはあんたの勝手や。けど、不始末のけじめはきっちりつけてもらう」

「不始末とはどういうことです。古川がどうかしたのですか」

「裏切った。俺と、あんたを」

城之内は、先ほど高橋から聞いた話を教えた。古川の行《くだり》だけにした。

上杉は無言で聞き入っていた。ときおり、手のひらをくちびるにあてた。気づいていたのか。そう訊きたくなるほど、上杉はおちついていた。

話しおえ、城之内はお茶をすすった。

「申し訳ない」

上杉が声を張った。両手を太股にあて、深々と頭を垂れた。ずっとそのまま動かないのではないかと思うくらいの時間が流れた。

「頭をあげてくれ」城之内は静かに言った。「あんたが詫《わ》びることとやない」

肩が動き、上杉が姿勢を戻した。目が光っている。

「そういうのは苦手なんや」

ぼそっと言い、煙草をふかした。視線がそれた。

「城之内さん。すこしお時間をいただけませんか」

「ん」視線を戻した。「どういうことや」

「あなたが言われたケリは、わたしがつけます。が、時間が必要です」

「面倒くさいわ」ぶっきらぼうに言う。「俺のしのぎや。クズの流儀でけじめは取る。そこで、あんたにひとつ頼みがある」

「なんでしょう」

「絶対に安全な場所……桜場はそう言うたそうな。交渉がまとまるまでそこにいるとも。俺はホテルやないと思う。部屋にこもらんかぎり、人目につく。女や知人の部屋では交渉できんやろ。どこか、あんたに思いつく場所はないか」

上杉が首をひねる。身体もすこし傾いた。十秒か、三十秒は経ったか。上杉の姿勢が戻った。目を見開き、口もひらいた。

「あります。二箇所。保養所と寮です。どちらも社員が利用することはほとんどなく、リーマンショック以降、本社には閉鎖しようという意見があると聞きました」

「どこや」

「保養所は湯河原、寮は千代田区二番町にあります」

「寮やな」

「わたしもそう思う」

「寮の管理は。常駐の警備員がおるんか」

「いいえ。でも、元料理人の老夫婦が住み込みでいます。二年ほど無沙汰《ぶさた》にしているが、それ以前は老夫婦によくしていただいた」

「中を知ってるんやな」

「ええ。本社にいたころは政治家や総会屋との密談のさいに使っていました」

「すまんが、大雑把な図面を描いてくれ」

「それを持って泥棒のまねをするのですか」

言って、上杉が目で笑った。

ほっとする顔だ。初めて気づいた。

上杉が言葉をたした。

「警備員がいなくてもセキュリティーは万全です。わたしが同行しましょう。それなら、中でなにがおきようと大丈夫です」

城之内は苦笑した。

あんたも意地を見せたいのか。そのひと言は声にしない。

上杉が携帯電話を手にした。かけた相手を想像するまでもなかった。上杉のもの言いに旧交を温める雰囲気が感じられた。

路上に人の姿はない。あたりはひろい敷地の民家とマンションが目につく。閑静な住宅街だ。江戸時代は将軍を警護する旗本が多く住んでいたという。

城之内は車を路肩に停めた。助手席に上杉を残し、前方の車に近づいた。運転席のウィンドーが降り、安田が顔をむけた。

上杉のオフィスを出て安田に声をかけ、『北進寮』を見張るよう命じた。そのあと自宅に帰ってスーツに着替えた。上杉の立場がある。午後七時に上杉を迎えに行った。近くの蕎麦屋で食事をし、千代田区二番町へむかったのだった。

「人の出入りは」

「ない。門も開かない」

あいかわらずのもの言いだ。が、慣れた。骨のある男だと感じているせいもある。

城之内は封筒を差しだした。百万円が入っている。

「世話になった。これで契約終了や」

安田が封筒を手にした。

「重いな」にやりとする。「また声をかけてくれ」

「ああ」

生きてりゃな。あとの言葉は胸で言った。

安田の車が走り去るのを見届けて、ふりむいた。

上杉が路上に立った。カシミヤのコートは脱いでいる。そばに寄って、口をひらく。

「一匹狼《いっぴきおおかみ》だと思っていました」

「群れを離れた狼は長生きせんそうな」

上杉が顔をほころばせた。

「行きましょう」

上杉が先を歩く。『北進寮』の門前に進み、インターホンに顔を寄せた。

「こんばんは」

それだけ言って、上杉は門の端に寄った。

ほどなく潜《くぐ》り戸が開き、小柄な女が出てきた。七十歳は過ぎているか。

「これはこれは、上杉様」

老女が満面に笑みをひろげた。

上杉が近づいた。

「お元気でしたか」

「はい。おかげさまで。上杉様もお元気そうで、何よりです」

「これは、こんやのお礼です」

上杉が老婆の手を取る。羊羹《ようかん》で有名な老舗店の紙袋。ちらっと白封筒が見えた。

「いつもお心遣い、恐れ入ります」

老女が腰を折った。姿勢を戻し、エプロンのポケットに手を入れる。

「離れの鍵です」

「ありがとう」上杉が受け取る。「物音がしても聞こえなかったことにしてください」

「はい。わたしはすっかり耳が遠くなりました」

城之内はにこりとした。おしゃれなばあさんだ。

「ご主人は」

「高鼾《たかいびき》ですよ」上杉の問いに、老女が答えた。「早寝は主人の唯一の趣味でして。上杉様がお見えになるとはしゃいでいたのですが」

午後九時を過ぎたところだ。

「あとでよろしくお伝えください」

言って、上杉が潜り戸にむかう。


正面に格子戸の玄関がある。

見向きもせず、上杉は左手にひろがる庭に入った。老女は反対側の塀沿いを歩き、やがて姿を消した。勝手口があるのだろう。

枯芝を渡った先に木造平屋造りの離れがある。

上杉がそっと鍵穴に鍵を挿した。八畳の居間と六畳の寝室があるという。

城之内は、上杉の肩を払うようにして前に立った。三和土《たたき》に靴を脱ぐ。床を踏み、襖《ふすま》を開けた。

「わ、わっ」

言葉にならない声がした。

桜場は座卓にいた。コタツで寛《くつろ》いでいたようだ。テレビの音がうるさい。

城之内は突進した。

「こら、おどれ」

怒声を発し、のしかかるようにして桜場を畳にねじ伏せる。

「ま、待て」桜場の声が裏返る。「なにかの誤解だ」

「五階も六階もあるか。まだ喋ってへん」

拳を叩き込んだ。

うめき、桜場が右手で顔を覆った。指の付け根が赤くなる。鼻血だ。

城之内は上着を脱ぎ、ふりむいた。

上杉は壁際で胡坐《あぐら》をかいていた。おちついている。

桜場を座椅子に座らせ、上半身を座椅子の背に括《くく》りつける。コタツのテーブルに腰をかけ、城之内は煙草を喫いつけた。陶製の灰皿に吸殻がある。

桜場は声を忘れたようだ。ずっとうつむいている。

煙草をふかし、口をひらいた。

「顔をあげんかい。お客さんに失礼やろ」

わずかに顔をあげ、桜場が下から睨んだ。さげすむような目だ。

「こんなまねをして、ただで済むと思っているのか」

「済まんやろな」あっさり言う。「で、誰に泣きつく。内林か、それとも郡司か」

「……」

桜場があんぐりとした。

「ネタはばれとる。事務長の高橋が洗いざらい喋った。てめえは勝手に北進建設の古川と覚書を交わしたそうやな。事務長はカンカンに怒ってたわ」

「ふん」桜場が顎をしゃくる。「俺は交渉をまかされた。つべこべ言われる覚えはない」

「えらい鼻息やのう」煙草をふかした。「その調子で俺ともケリをつけんかい」

グシャと鈍い音がした。

城之内の左肘が桜場の顎を捉えたのだ。すかさず、煙草を桜場の頭に押しつける。髪の焦げるにおいがした。「ひぃ」桜場の悲鳴はかすれた。顔がゆがむ。歯が鳴った。

「どうした」桜場の頭髪をつかむ。「やるんやないんか」

「悪かった」声がふるえた。「勘弁してください」

「覚書をだせ」

「ここには……」

「なんぼ貰《もろ》うたんや」

「えっ」

城之内が拳を握ると、桜場が身をすくめた。

「上杉さん」ふりむく。「こいつの荷物を調べてくれや」

居間に荷物らしきものはない。テーブルに携帯電話があるだけだ。

上杉が立ちあがり、寝室に消えた。やがて手提げバッグを運んできた。右手に茶封筒を持っている。それを差しだし、バッグを畳に置いた。

城之内は茶封筒を開けた。用紙の最上段に〈覚書〉とある。日付は二〇一七年二月十七日。高橋の証言どおりだ。

「くそっ」

声が洩れた。

金竜会の代替わりと郡司の神侠会直参入りが決定した日だ。この日を待っていたとしか思えないタイミングである。内容は高橋の証言と若干異なり、〈和解を前提とした交渉の開始〉になっている。

クリップをはずした。領収書のコピーが添付されていた。宛名は〈北進建設〉、〈金五百萬圓〉、但の行に〈謝礼として〉、〈桜場プランニング　代表　桜場茂一〉とある。

「けっこうな小遣いやのう」

「……」

桜場が目をしょぼつかせた。いまにも涙がこぼれそうだ。

城之内は用紙と領収書のコピーを封筒に戻し、上杉に渡した。

「バッグの中を検《あらた》めてくれ」

バッグを提げ、上杉が元の場所に腰をおろした。

城之内はシャツの胸ポケットにふれてから桜場に話しかける。

「郡司とはどんな話になった」

「どんなって……内林の仲介で会った。それは高橋事務長も承知だ」

「よけいな話はいらん。聞きたいんは話の中身や」

「長谷川の仕事をそっくり郡司が引き継ぐ。そういうことで、俺も了承した」

「日本語が違う。了承させられたや。で、郡司になんぼ払う」

「一千万円」

「長谷川はなんぼやった」

「おなじだ」

「合切、二千万円。それで採算が取れるんか」

桜場が首をふる。

「郡司のほうは古川が面倒を見るそうだ。黒井先生と麻布署、それに金竜会が手を組めば鬼に金棒……港区の事業は北進建設が丸かかえできると、高笑いしていた」

「おまえも二次三次の下請でぼろ儲けやな」

桜場が眉をひそめた。

城之内はあたらしい煙草をくわえ、火をつけた。天井にむかって紫煙を吐く。

「雑魚の戯言は聞き飽きた」

「助けてくれるのか」桜場が顔を突きだした。「それならあんたの言うとおりにする」

「すまんのう。寝言は聞かんことにしてるんや」煙草をふかした。「けど、俺の頼みを聞いてくれたら、考えんこともない」

「何でも言ってくれ」

「古川に電話せえ」テーブルの携帯電話を指さした。「ここに呼べ。高橋が黒井にすべてをぶちまけて手を引くと駄々をこねだしたとでも言え」

「ことわられたらどうする」

「それはない。いまさら退けん。事があかるみにでれば北進建設が傾く」

「わかった」

城之内は括った紐を解いてやった。

桜場が携帯電話を手にする。

やりとりは順調のようだ。二分と経たないうちに通話を切り、桜場が顔をむけた。

「三十分でくる」

「よし」

「くる前に逃げたい」

「あほか」

バッグに入っていたTシャツで桜場の口をふさぎ、コートを頭に被せた。

上杉に声をかけ、居間を出た。三和土で向き合う。

「あんたはおらんほうがええ」

「そうさせてもらう」上杉が即答した。目に力がある。「録音したのですか」

「ん」

「カチッと、音が聞こえたような」

上杉が頬を弛めた。

城之内は感心した。あの状況でも冷静だったということだ。

「保険や」城之内は胸ポケットのＩＣボイスレコーダーを見せた。「警察とやくざ。うっとうしい。黒井の名前がでれば何とかなる」

「ぬかりがないですね」

上杉が目を細めた。

城之内は視線をそらした。本音を隠したからだ。録音したのは今後の交渉に使うためではなかった。己の身を護るためでもない。最悪の事態を想定した。

「スキャンダルは」上杉が言う。「どうかご内聞に、お願いします」

深々と頭をさげた。

「ここまでコケにされても」

「わたしは、北進建設の人間です」声にも力がある。「社長が辞めるまでは。これから本社の役員と協議します」

「好きにせえや」

言って、城之内は背をむけた。

リモコンの〈一時停止〉を押し、携帯電話を耳にあてた。

「はい」

《おどれ》五島の破声がした。《わいの米櫃《こめびつ》かきまわして、どういう了見や》

「誰からの苦情ですの」

城之内は穏やかに言った。

訊かなくても見当はつく。

きのう、『北進建設』の古川を痛めつけた。問答無用だった。高橋と桜場の証言で背景は見えている。憎悪はなかった。古川らの所業をとやかくいうのは己のしのぎにアヤをつけるようなものである。食うか食われるかの世界なのだ。それでも、殴り、蹴った。許せない気持が勝った。上杉の気概にふれたせいかもしれない。
古川か『北進建設』の専務が五島に泣きついたか。郡司が五島に相談したか。
そんなところだろう。どうでもいい。想定内の、些細《ささい》なことだ。
《すぐ帰ってこい》返答になっていない。《東京から手を引け》
「そうはいかんのです」
《なんやと。おどれ、恩人の言うことがきけんのかい》
城之内は目をつむった。
予期した台詞だ。が、聞きたくなかった。こうならないことを願っていた。
母のやすらかな死顔を見たときに恩義をかかえた。一生ものだと覚悟した。
東京へ来たのは己の意思だが、五島は食いぶちをあてがってくれた。城之内は五島組の
鉄砲玉。そういううわさを耳にしても無視した。それでもいいという思いもあった。その
裏側で、己の覚悟に不安を抱いていた。一生ものの恩義に色がつくのをおそれた。筋目を
違《たが》えてまで恩義をかかえ続ける自信はなかった。
《おい。聞いてるんか》
「はい。長いあいだ、お世話になりました」

噛みしめるように言った。

五島の怒鳴り声を聞きながら、通話を切った。

どれほどの時間が流れたのか。握りしめていた携帯電話を置き、リモコンにふれた。

NHKの桑子真帆アナウンサーがアップで映った。いつもの笑顔だ。

玄関のほうから音がした。

祐希が買い出しから帰ってきたようだ。足音がおおきくなり、祐希がリビングに入ってきた。両手にレジ袋をさげている。テレビを見て、声を発した。

「桑子さん、大丈夫かな」

「なにが」

「九時のニュース番組に移るみたい」

「えらい出世やのう」

「そう。でも、心配。あかるくて、親しみやすさがキャラなのに。薄れないかな」

祐希が眉尻をさげた。本気で心配している。

「あほくさ」

城之内はあきれ、ソファに寝転んだ。我が身の心配をせんかい。言いそうになった。ふいに思いつき、それが声になる。

「河津の桜はどんな塩梅や」

「満開みたい。来週には散るかもね」

祐希が肩をすぼめた。

仕種の割に未練はなさそうだ。もの言いもあっさりしていた。

気持は越前大野か。故郷の桜を夢見ているのか。

そんなことは口にしない。

いつ帰る。声になりかけた。言えば、逆に訊かれる。それがこわい。

「うどんとパン」祐希が言う。「どっちにする」

「うどんは関西か」

「もちろん。ムッちゃんの好きな、ケツネうどん」

「ええのう」

言って、城之内は煙草をくわえた。いつのまにか、凍えた心が融けていた。

祐希がスキップを踏みながらキッチンにむかった。

★

★

足を忍ばせて廊下を歩き、音を立てないよう玄関のドアを開けた。

岩屋は息をつき、空を仰いだ。真っ青だ。はずかしくなる。

玄関にむかうさなかもキッチンで甲高い声がしていた。けさは金切り声で目覚めた。妻がわめきちらしていた。娘は泣いているようにも聞こえた。ベッドをぬけでていつものように煙草をふかした。コンポデッキのリモコンを手にしたけれど、ためらった。朝食も諦めた。キッチンに入るのは火中の栗《くり》を拾うようなものだ。

昨夜、妻に怒鳴られた。

――あなたは口をださないで――

嚙みつかれるのではないかと思った。

――娘に味方するのなら離婚します――

ぽかんと開いた口はしばらくふさがらなかった。

――説得できなかったら、おとうさんとは縁を切るからね――

電話で娘に威され、仕方なく妻に意見を言った。結果、返り血を浴びた。

答えのないことをあれこれ考えているところに電話が鳴った。上司の大塚係長からで、緊急の呼びだしだった。

駐車場の車に乗った。歩きたくなかった。車に乗れば気分がおちつく。エンジンキーを挿し、カーオーディオを操作した。

トランペットの音が流れだす。『QUIET KENNY』。Kenny Dorham が奏でる音色に胸の細波《さざなみ》が消えてゆく。気分転換。その予感と期待もあってジャズを聴く。

車を動かした。道路を走りだすと、大塚の声が鼓膜によみがえった。

——すぐに来てくれ。大事な話がある——

それだけ告げて、大塚は通話を切った。声音は堅く感じた。

麻布署四階の会議室に入った。ちいさな部屋だ。細長いテーブルがコの字型に配してある。角をはさんで大塚と向き合った。

背をまるめ、大塚が口をひらく。

「なにをこそこそ調べている」

「何の話です」

岩屋はとぼけた。小言を言われると覚悟していた。思いあたることは幾つもある。

「蒲田には何をしに行った」

「捜査です」

ぶっきらぼうに返した。

神経がざわつきだした。質問が気に入らない。頭の片隅には小栗の話がある。保安係の近藤係長は捜査一係との連携を示唆したという。

「何の捜査だ」大塚が声を強めた。「桜場氏の傷害事件にどうつながる」

「まわりくどい話はやめませんか」

声にいら立ちがまじった。

「よかろう」大塚が背筋を伸ばした。「保安係の小栗と連携しているのか」

「捜査協力です。事件解決に必要なら当然でしょう」

「小栗が捜査事案をかかえているとは聞いてない」

「どうしたんです」

岩屋はテーブルに片肘をつき、睨みつけた。

大塚が顎を引く。

「なんだ、その目は」

「生まれつきです。誰かにクレームをつけられたのですか」

「そんなことはない。が、うちの課長が生活安全課の内林課長に事情を訊かれた。どうして、岩屋は捜査に関係のないことまで調べているのかと」

「うちの藤丸《ふじまる》課長はなんて答えたのですか」

「答えようがないだろう。おまえがどんな捜査をしているのか知らないのだ。俺も、課長に聞くまで、蒲田云々《うんぬん》については知らなかった。日報を読んだが、どこにも蒲田の文字はなかった。つまり、おまえは事実を隠した。職務違反だ」

「そうする必要があったからです。処分すると言うのならあまんじて受ける。その前に、捜査のケリをつけさせてください」

二言はない。吐いた言葉に悔いもない。腹は括っている。

それよりも、蒲田での捜査がどうして内林に知れたのか気になる。蒲田で事情を訊いた男らが地場のやくざに話し、それが東仁会の長谷川を経由して内林の耳に入ったのか。あるいは、防犯カメラの映像を解析する連中が喋ったのか。内林の携帯電話の通話記録を入手したことも頭によぎった。

「わからんやつだな」大塚がしかめ面で言う。「捜査手法に問題がある。そう言っているのだ。うちの課長も憂慮されている」

「そのことを、近藤係長にも言ったのですか」

「あっちとは関係のない話だ」

「おなじ係長なのに、えらい違いですね」

「どういう意味だ」

大塚が目くじらを立てた。にわかに顔が紅潮する。

気にしない。喧嘩になるのは覚悟の上だ。

「近藤係長は、捜査一係と連携して一連の事件、事案を解決させたい考えだとか。そういう打診があったんじゃないですか」

「あった。が、ことわった。面倒事を増やしたくない」

「面倒事とはなんです。内林課長との衝突を避けたい。そういうことですか」

岩屋は食ってかかった。癇癪玉《かんしゃくだま》が破裂しそうだ。

「おおげさなんだ、おまえは」大塚が声を荒らげた。「たいした事件でもないのに正義をふりかざして……いい迷惑だ」

「くだらんことを」

岩屋は吐き捨てるように言った。

あきれた。怒りが萎んでしまった。大塚とは二十年来の縁である。幾度となく口論にはなったけれど、ここまでには至らなかった。

いきなりドアが開き、菊池が入って来た。顔が強張っている。

「どうした」大塚が言う。「ノックくらいしなさい」

「すみません」菊池の息があがっている。「男二人が出頭してきました。六本木の路上で桜場という男を殴ったそうです」

「ほんとうか」

大塚が目を見開いた。

岩屋は席を蹴った。

その場で地団駄を踏みそうになる。

先手を打たれた。とっさにうかんだ。ほかは考えられない。

刑事部屋へむかった。

菊池が走って来て、肩をならべる。

「すみません」

「はあ」足が止まった。「何のことだ」

「自分が……」

菊池が声を詰まらせた。泣きそうな顔になる。

「どうしたんだ」

「きのうの夜遅く、係長から電話がありました。岩屋さんと蒲田に行ったのは事実かと問い質《ただ》されて。ごまかそうと思ったのですが、あまりの剣幕にびびってしまい……」

声を切り、菊池がうなだれた。

岩屋は菊池の肩に手をのせた。

「係長が蒲田と言ったんだな」菊池が頷くのを見て続ける。「それなら気にするな」

「でも自分は、岩屋さんを裏切りました」

「そんなことはない。おまえは律儀なやつだ。蒲田でのことを係長に報告しなかった。日報にも書かなかった。俺との約束を守ったじゃないか。おかげで、おまえに迷惑をかけてしまった。このとおりだ。すまなかった」

岩屋は頭をさげた。

「よしてください」菊池が声をひきつらせた。「役立たずの部下です」

岩屋はゆっくり首をふった。

「遅かれ早かれ、蒲田の件はばれたさ。もういい。忘れろ。行くぞ」

言って、岩屋は歩きだした。

菊池と話をして、さらに血が熱くなってきた。

★　★

三本目の煙草を喫いつけたところに取調室のドアが開いた。

どかどかと靴音を響かせ、近藤係長が奥の椅子に座る。顔が朱に染まり、鼻の穴は倍ほどふくらんでいた。テーブルの煙草をくわえ、火をつける。

「作戦は中止ですか」

小栗はさりげなく訊いた。

「ばかを言うな。いまさら退けん。が、単独になった」

「捜査一係は連携しないと」

「ああ」近藤が煙草をふかした。鼻から紫煙が流れる。「がらりと風向きが変わった。きのうは大塚係長を居酒屋に誘って意気投合したのに。そのあと、刑事課の課長に呼ばれたそうだ。くわしいことはわからんが、内林に捜査上のミスを指摘されたらしい。で、課長から保安係と手を組むなときつく言われた」

「恭順な係長だな」小栗はくだけ口調で言った。「どこかの係長とはえらい違いだ」

「どうせ、俺はばかだよ」近藤が投げやりに言う。「この部下にこの上司。つくづく嫌になる。こんどの件が片づいたら、転属願を提出しろ」

「身請けしてくれる部署はありますか」

「ないね」

にべもなく言い、近藤がお茶のペットボトルを手にした。音を立てて飲む。

小栗は、煙草で間を空けてから話しかけた。

「取調室のほうはどうです」

「知るか。おまえはどうなんだ。岩屋と話してないのか」

「二時間前に電話をもらいました。それまで取調室にこもっていたそうです」ひと息ついた。「出頭してきたのは海野と三宅《みやけ》という男で、海野は郡司組の幹部、三宅は組員です。海野は、桜場を襲った理由について、桜場とは以前に酒場で諍《いさか》いになったことがあり、ばったり会ったときは痛めつけてやると思っていたそうです」

「ばったりとな。計画性を否定したのか」

「海野は偶然に桜場を見かけたと」

「ふざけやがって。個人的な遺恨で押し切るつもりだな」

「岩屋さんは、弁護士に教わったとおりに話しているのだろうと。三宅のほうは、兄貴に従っただけで、二人の遺恨は知らなかったと供述しているようです」

近藤が顔をゆがめた。煙草をふかし、口をひらく。

「岩屋はどう攻めるつもりなんだ」

「さあ」

「聞かなかったのか」

「ええ。さっきの係長の話も……岩屋さんには伝わってないのでしょうか」

「そんなはずはない。捜査上のミスなら、岩屋に問い質す」

「そうですね」

言って、小栗は首をひねった。

岩屋が内林を諦めるとは思えない。上司の命令に背いてでも事件の全容解明に全力を尽くすだろう。攻めあぐねているのか。そう思い、はっとした。岩屋はひとりで内林に立ち向かおうとしているのではないか。だから、自分には話さなかった。

「どうでもいいか」近藤がぼそっと言う。「どうせ手を組まないのだ。それよりも、おまえは証拠を固めたんだろうな」

「一応。それで内林を追い詰められるか、微妙ですが」

「おい」近藤が目をむく。「いまさら言うことか。署長にうんと言わせたんだぞ」

「鋭意、努力します」

「また、それか。辞職願は用意したんだろうな」

「いつも言ってるでしょう。書き方を知りません」

「ふん」近藤が鼻を鳴らした。「ああ言えばこう言う」

小栗はテーブルに両肘をついた。顔が接近する。

「戦闘開始は何時です」

近藤が腕の時計を見た。

「あと二十分。午後一時半に署長室だ」

「内林はくるのでしょうね」

「ああ。署長が内線電話で話すのを聞いた。あの署長、なかなか知恵がまわる。内林に勘ぐられないよう、どうでもいいような相談を持ちかけた。ただし、おまえの味方はしないそうだ。聞き役に徹するとも言った」

「それで結構です」

「しかし」近藤がため息をつく。「俺もおまえもどうかしている。まともじゃない」

「前世は兄弟だったかもしれませんね」

小栗は笑みをうかべた。

「従兄弟《いとこ》くらいにしておけ。俺がかわいそうすぎる」

他愛もない会話で時間を流した。すでに賽《さい》は投げたのだ。

最後の一服をおえて、小栗は煙草を灰皿につぶした。

「行きます」

席を立った。

近藤は動かない。首をさすり、ちいさく頷いた。

煙草とライターを残し、小栗は取調室をあとにした。

通路に出てすぐ、足が止まった。

前方に岩屋が立っていた。スーツを着て、ネクタイをきりりと結んでいる。

小栗は近づき、声をかけた。

「どうしました」

「同行する」

「はあ」

「雑魚どもの取り調べは飽きた。で、五階にあがってきたのだが、あなたは近藤係長と取調室にいると聞いてね」

「どこに同行するのですか」

「冗談を言っているひまなどないだろう。顔に描いてある」

小栗は肩をすぼめた。

読んで、読まれて。距離が近くなり過ぎた。

「どう転ぼうと、知りませんよ」

「心配無用」

岩屋が右手を左胸にあてた。

辞職願の書き方を知っているのですか。小栗は目で訊いた。

岩屋が頷き、通路を空けた。


署長はひとりでソファに座っていた。腕を組む表情は穏やかに見える。

挨拶のあと、小栗は言い添えた。

「報告を補足するため、岩屋さんに同行をお願いしました」

署長が頷いた。わずかに頬が弛む。迷惑そうな顔ではなかった。

小栗と岩屋がならんで座ったところで、ドアをノックする音がした。生活安全課の内林課長が入ってきた。足が止まる。

「どうして君たちがいるんだ」叱りつけるように言った。内林が署長に顔をむける。「これはどういうことですか」

「そう怒ることはないでしょう。さあ、座ってください」

言われ、内林が署長のとなりに腰をおろした。渋々の顔つきだ。

署長が内林に話しかける。

「先ほど、小栗君から連絡があってね。例の案件について報告したいと言ってきた。あなたも無関係ではないので、一緒に聞こうと思ったのだよ」

「納得できません」内林の声に不満がにじんだ。「報告は係長を通じて課長が受ける。それが筋です。なのに、いきなり署長とは……」

「まあ、待ちなさい」署長がさえぎった。「確かに、あなたの言うことは筋が通っている。しかし、小栗君に指示した案件は、黒井先生の事務所の高橋事務長がわたしに相談したものだ。被害届が提出されたわけではなかった。事務所を預かる者として不安を払拭したいので調査をお願いできないかと打診された。あなたも聞いていたでしょう」

「わかりました」内林が刺々《とげとげ》しい声で答えた。視線を小栗のほうにむける。「報告を聞く。が、その前に訊ねる。なぜ岩屋がここにいる」

「自分がお願いしました。自分の案件と岩屋さんの捜査事案は無関係ではない。それは追ってわかると思います」

内林がくちびるを曲げた。文句があっても署長を意識して言えないのだろう。

小栗は話を続けた。

「まず、指示された案件について報告します」小栗は封筒から用紙を取りだし、内林の前に置いた。「城之内六三に関する報告書です。身辺調査および監視を行ないましたが、なにかの犯罪にかかわっているという証言、証拠は得られなかった。城之内の行動に犯罪性を疑うようなこともありませんでした」

「ご苦労だった」

内林があっさりと言った。用紙を見ようともしない。

首が傾きかける。内林の胸中をさぐろうとしてやめ、口をひらく。

「追加の報告があります」

「ん」内林が眉根を寄せる。「まだあるのか」

頷き、小栗は別の用紙も手にした。

「桜場氏の娘、瑠衣さんに接触した人物を特定しました」用紙をテーブルに置く。「これに男らの素性、瑠衣さんに接触した理由を記してあります」

内林の目つきが鋭くなった。こんどは用紙を手に取った。

小栗は畳みかけた。

「桜場プランニングにかかってきたという脅迫電話の件はでたらめと判断しました。その根拠も書いてあります」

内林が顔をあげる。真っ赤だ。

「何を言ってるんだ、おまえは」恫喝《どうかつ》するように言い、用紙をふりかざす。

「そもそもこんなことを指示した覚えはないぞ」

「わたしが」岩屋が言う。「傷害事件との関連性が気になり、捜査しました」

内林が岩屋を一瞥し、小栗に話しかける。

「おまえが喋ったのか」

「そうです」小栗は即座に答えた。「犯罪捜査に協力するのは義務です」

「ふざけるな」怒声が響き渡る。「明確な守秘義務違反だ」

「まあまあ」署長が口をはさむ。「そう頭ごなしに怒らなくても。せっかくだから、二人の報告を聞きましょう」

内林が署長を睨んだ。が、声はなく、頬をふくらませてソファにもたれた。

小栗は横を見た。

岩屋が頷き、手帳を開く。

「最初に、現在取り調べ中の男二人の供述内容を話しておきます。出頭してきたのは海野芳正《よしまさ》と三宅奨《すすむ》。どちらも金竜会傘下、郡司組の組員です。海野によると、被害者の桜場氏には以前に酒場で諍いになったことを根に持っていて、つぎに街で見かけたらとっちめてやると思っていたそうです。三宅は海野の指示に従っただけで、相手の素性も海野との因縁も知らなかったと話しています」

「つまり」署長が言う。「加害者は計画性を否定しているのだね」

「そのとおりです。目出し帽については、寒がりの三宅がいつも幾つか持ち歩いており、面が割れるのはまずいと思い使用したと供述しました」

署長が頷いた。となりの内林はそっぽをむいている。

岩屋が話を続ける。

「二人の供述のウラは取ります。が、わたしは計画的な犯行だったと確信している。その根拠もあります。ひとつは、犯行前の二人の行動です。犯行時刻の一時間ほど前、二人はバーに入りました」

岩屋は防犯カメラの映像で海野と三宅が雑居ビルに入るのを視認し、その雑居ビルでの聞き込みでバーを特定できたと言い添えた。

「店の従業員によると、海野は五年前からの客で、三宅は初めて見たそうです。ほかにも証言を得ましたが、事件との関連性がないので省略します」岩屋が舌先でくちびるを舐めた。「メールかラインが届いたのか、海野はケータイを見て、急いで店を出た。その店は犯行現場と約二十メートルの距離にあります」

署長が口をまるくした。「ほう」と言ったように見えた。

内林が顔をむけた。

「くだらん話をだらだらと……その報告のどこに計画性が窺える」

「これからです」岩屋がはねつけるように言う。「海野のケータイにメールを送った人物がいる」口調が変わった。「ネネのホステスです。源氏名は美麗、本名は原口正美。襲われる直前まで桜場氏が遊んでいたクラブです。ネネの従業員によると、美麗は桜場氏からクレジットカードを預かったあとすぐスマホをさわっていた」

「そんなことで」内林が口をとがらせる。「別の用があったのかもしれないだろう」

「美麗のケータイの通話記録で確認しました」

「えっ」内林が頓狂な声をあげた。「推測でそんなことまでやったのか」

「はい。処分はあとで如何様《いかよう》にも」岩屋がさらりと言い、視線を戻した。「美麗は、桜場氏を店に誘ったあともメールを送っていた。文言は〈来る〉。二度目は〈出る〉。このあとの取り調べで、海野を追及します。美麗には任意同行を求める」

署長がおおきく頷いた。眼光が増している。

ひとつ息をつき、岩屋が内林を見据えた。

「課長は、美麗と長いつき合いのようですね。桜場氏を紹介したのもあなただ」

「それがどうした」内林が喧嘩口調で言う。「わたしは生活安全《セイアン》課一筋。つき合いのある飲食店も従業員も数え切れん」

「承知です」

「それに、君の話は納得がいかん。美麗が海野にメールを送ったとして、〈来る〉〈出る〉

で傷害事件に結びつけるのは拙速じゃないのか」

「待ってください」岩屋が手のひらでもさえぎる。「美麗が〈来る〉〈出る〉のメールを海野に送ったとは言ってない。送信先はあなたです」

「……………」

内林が顎を引く。咽の鳴る音がした。

岩屋が前のめりになる。

「あなた名義のケータイに送っていた。もちろん、ご存知ですね」

「知らん。ホステスからは山のようにメールが届く。どうせ誘いのメールだから、そんなものは一々見ないことにしている」

「そうですか」岩屋が姿勢を戻し、スーツの内ポケットに手を入れた。四つ折りの用紙を取りだした。「これはあなたのケータイの通話記録です」

「なんだと」内林の声がひきつった。目の玉がこぼれおちそうだ。「きさま、誰の許可を得てそんなまねをした」

「わたしの一存です。先ほど言いました。処分は如何様にも受けると」用紙をテーブルにひろげる。「美麗が〈来る〉〈出る〉のメールを送信した直後、あなたは所有者不明のケータイに電話をかけた。間違いないですね」

「忘れた」

「まあ、いいでしょう。では、犯行当日の昼、美麗に電話したことはどうです。その前日にもかけている。どんな話をしたのですか」

「憶えてない」

「そんな言い逃れが通用すると思っているのか」岩屋が声を荒らげた。「こっちは美麗の証言を得た上で訊問《じんもん》しているのだ」

「訊問」

内林がつぶやく。顔色が変わった。血の気が引いている。

署長が口をひらいた。

「ほんとうなのか。さっきはこれから任意同行を求めると……」

「確かに」岩屋がひと言でさえぎる。「が、すでに話を聞きました。きょうの午前中に美麗の家を訪ねて。任意同行を求めて署で事情聴取を行なうのはリスクが伴うと判断してのことです。いまも美麗の部屋には部下の菊池がいます。美麗が誰かと接触したり、連絡を取ったりするのを防ぐためです」

「彼女の証言で、内林課長の関与があきらかになったのか」

署長のもの言いがきつくなった。

「はい。美麗は内林課長から頼まれたと供述しました。桜場氏を誘い、桜場氏が店にくる前と出る直前に連絡するよう言われたそうです」

「でたらめだ」内林が声を張りあげた。「証拠はどこにある」

「見苦しい」吐き捨てるように言い、岩屋が署長に顔をむける。「美麗の供述のウラは必ず取ります。並行して、郡司組の組長から事情を聞きます」

署長が目をぱちくりさせた。

「組織のトップもかかわっているのか」

「そうです」岩屋がけれんなく言った。「桜場氏の傷害事件、桜場氏の娘の件と脅迫電話の作り話……根っこはおなじです」岩屋が横をむく。「そうだね」

話をふられ、小栗は頷いた。署長を見て、口をひらく。

「飯倉片町の複合施設建設の計画をご存知ですか」

「知っている。半年以上前になるか、事業者から挨拶を受けた」

「用地買収にまつわるトラブルが事の発端です。ある料理店の主との交渉が難航し、事業者側は城之内六三に交渉を委任した。一方、料理店の主は黒井義春事務所の高橋事務長に相談し、桜場氏を交渉の矢面に立てた。ここまでが事実で、この先は推論がまじります」

小栗はちいさく息をついた。城之内や山路から聞いたとは言えない。「高橋事務長は城之内の素性を知るために内林課長を利用した。素性を知るだけではものたりず、内林課長と相談し、城之内の動きを封じようとした」

「その目的で、わたしに相談を持ちかけたのか」

署長があきれ顔で訊いた。

「そう思われます」

「邪推だ」内林がわめいた。「証拠を見せろ」

「うるさい」小栗は怒鳴りつけた。「しばらく黙ってろ」視線を戻す。「高橋事務長は東仁会若頭の長谷川にも接触し、城之内の殺害を依頼した。城之内は三人組に襲われ、腕に重傷を負った。この事件はあかるみにでなかったが、事実です。三人組の素性も判明しています。ついでに言えば、内林課長と長谷川は入魂の間柄。高橋事務長、内林課長、東仁会の長谷川……三人は飯倉片町の建設利権で手を組んだ」

内林が口をもぐもぐさせる。

小栗はひと睨みして、話を続けた。

「長谷川は裏社会の事情で手を引くことになったが、その役目を郡司が受け継いだ。政治屋、やくざ、警察が束になって利権に食いついたのです」

「なんと」

署長が絶句した。ソファにもたれ、腕を組む。むずかしそうな顔になった。

「ばかばかしい」悪態をつき、内林が立ちあがる。「署長の前で寝言をならべ立てて……間違いでしたでは済まされんぞ」

内林が動いた。

小栗も立ち、ドアへむかう内林の前に立ちふさがる。

「どけ」

内林が右手を伸ばした。小栗は体をかわし、内林の手首をつかんだ。外側に捻る。身体がういたところを腰で払う。内林が横転した。

「岩屋さん」

小栗は声を発した。

すかさず、岩屋が手錠を打つ。

小栗は署長に話しかけた。

「お騒がせしました。本日の報告は以上です」

「君たちは」署長が言う。「手錠までかけて……起訴に持ち込めるのだろうね」

岩屋が白い封筒をテーブルに置いた。〈辞職願〉とある。

それをちらっと見て、署長が視線をふる。目が合った。

「クビでも、逮捕でも、好きにしてください」

言って、小栗は署長に背をむけた。


そとの空気を吸いたくなって麻布署を出た。

ついさっきまで、小栗は刑事課の取調室にいた。岩屋に腕を取られて仕方なくそうしたのだが、しょせん部外者である。ひと言も口をはさまず傍観しているのは辛かった。取調室に出入りする捜査一係の連中の視線もめざわりだった。

岩屋はねちっこく内林を攻め続けていた。言葉巧みに内林の供述を引きだし、その矛盾点を衝く。訊問の常道だが、岩屋のそれには執念を感じた。時間が経つにつれて内林の口は重くなった。顔には脂汗がにじみ、焦燥の気配が伝わってきた。

時間の問題か。そう思い、小栗は取調室を去ったのだった。

ぼんやりと歩いていたようだ。気づくと見慣れた路地に入っていた。

雑居ビルの五階にあがり、『花摘』の扉を開けた。

きょうも俎板《まないた》を叩く音がする。カウンターの中に詩織と明日香がいた。

「あら」詩織が目をまるくする。「こんなに早くどうしたの」

小栗は腕の時計を見た。午後六時をすこし過ぎている。

「小栗さん、いらっしゃいませ」

言って、明日香が腕を額にあてた。料理作りに励んでいたようだ。

小栗はいつもの席に腰をおろした。コートをとなりに置き、左腕で頬杖をつく。煙草をくわえ、火をつけた。

詩織がおしぼりを差しだした。

「なんだか疲れているみたいね」

「かもな」そっけなく返し、煙草をふかした。「薄い水割りにしてくれ」

「ほんとうに具合が悪いの」

詩織が腰をかがめ、下から覗き込んだ。

「一服したら、署に戻る」

「そうか。大変ね」詩織が水割りをつくる。思いだしたように手を止めた。「いいものあるよ。お客さんにいただいたの」

詩織が離れ、しばらくして白磁の皿を持って来た。薄黄色の果実がある。

「黄金柑《おうごんかん》だって。高知に転勤したお客さんが送ってきたの」

小栗はフォークを持った。甘味と酸味がほどよくまじっている。食べたあと、口中にさわやかな感覚が残った。

「ほら」詩織が黄色い果実を手にしていた。皮にちいさな斑点《はんてん》が幾つもある。「見てくれはよくないけどね」

詩織の瞳が端に寄る。

そりゃどういう意味だ。言いかけて、やめた。訊くまでもない。

詩織が言葉をたした。

「あんまり美味しいからお客さんにおねだりしたんだけど、もうないって。二月後半の一時期しか出回らなくて、収穫量もすくないみたい」

「そのほうがいい。来年の二月がたのしみになる」

言って、小栗は水割りを飲み、煙草をふかした。ときおり、ため息がこぼれた。

ポケットの携帯電話がふるえた。どきっとする。癖になった。頬杖をはずし、左手で携帯電話を持った。近藤係長からだ。耳にあてた。

《どこだ》

「花摘です」

《ばかもん》鼓膜がふるえた。《俺に報告もしないで遊びに出たのか》

「疲れました」

《うるさい。俺はやきもきしていたんだ》

「情報が入らないのですか」

《四階に行けるわけがないだろう。捜査一係の係長と喧嘩になったんだ》

「わかりましたよ。これから……切ります。割り込みが入りました」

通話を切り、画面を見る。地域課の南島だ。にわかに血が騒ぎだした。

「どうした」

《平野さんが襲われました……》

「どこだ」

小栗は右手でコートをつかんだ。

救急車の赤色灯が音もなく回っている。

小栗は、渋谷区恵比寿にある病院の〈救命救急センター〉の出入口から入った。

南島が駆け寄ってきた。

「治療がおわりました」

「どこにいる」

「処置室に……平野さんも一緒です」

小栗は息をついた。『花摘』を飛びだしたあとも、電話で南島と話した。

開店前に二人の男が押し入り、平野祐希を攫《さら》おうとした。そとで見張っていた福西と南島が気づき、二人組と乱闘になった。そのさい、福西が太股を刺された。南島は祐希を護り、その隙に二人組は逃走したという。

処置室は静かだった。

右側に二つの診療スペース、左にはカーテンで仕切られたベッドが三つある。

福西は手前のベッドで左脚を吊るしていた。

ベッドの脇の丸椅子に平野祐希が座っている。横顔からは顔の表情を窺えない。胸で両手を組む姿は福西よりも痛々しく感じた。

小栗は、祐希の反対側に立ち、福西を見た。

「大丈夫か」

「すみません」福西が言った。笑顔だ。「ナイフを見て、ひるみました」

「おかげで、祐希が助かった」小栗はにやりとした。「おまえを見直した」

「えへっ」

福西が手のひらを頭にのせた。

「傷はどうだ」

「たいしたことないです」

福西の返答に、祐希が反応した。

「そんなことないです」

叫ぶように言った。顔は色を失《な》くしている。

記憶から消えない祐希の顔とかさなった。

祐希がベッドの端に両手をつく。

「お二人に助けられました。わたしを護っていてくださったのも知りました」祐希の目が光った。「ほんとうに、ありがとうございます」

「無事でよかった」そう返すのが精一杯だった。「話がある。そとに出よう」

祐希が頷くのを見て、福西に声をかけた。

「大手をふって休めるぞ」

「はい」

元気な声だった。

ロビーはひっそりとしていた。誰もいない。長椅子に祐希とならんで座った。

直後にリノリウムの床を踏む靴音がした。岩屋が近づいてくる。うしろにジャンパーを着た男と三人の制服警察官がいる。

岩屋ひとりがそばに来て、口をひらく。

「福西は」

「処置室に。命に別状はないようです」

「そうか」岩屋の肩がさがった。「ちょっと見てくる」

言って、岩屋が離れた。四人の男らがあとに続いた。

小栗は祐希に話しかけた。

「やつに連絡したのか」

「ええ。迷ったのですが」

気持はわかる。城之内を心配させたくなかった。話せば城之内が報復に走る。

祐希が言葉をたした。

「あの人が襲われないかと心配になって……わたしが連絡すればと無茶をするとわかってい

たのですが……でも、あの人に用心してほしくて……」

祐希がひと言一言、自分を納得させるかのように声を絞りだした。

「やつは何て言った」

「小栗さんと、護ってくれた人たちに感謝しろと」

「ほかには」

祐希が首をふる。

「やつはどこにいた」

「訊きませんでした。話すことはいっぱいあったのに、すぐ切られて」

祐希が眉尻をさげた。途方に暮れたような顔になる。

小栗はポケットをさぐった。携帯電話を手にする。

城之内の携帯電話にはつながらなかった。電源を切ったようだ。

また靴音がして、岩屋があらわれた。

「全治一か月らしい。こう言っては何だが、ほっとした」

「俺も。フクが身を挺《てい》したおかげで、祐希は助かった」

「それもあるが、違うんだ」

「えっ」

「福西にもしものことがあれば、あなたはどうする。制御不能になるだろう」

「…………」

　小栗は返答に窮した。

　そうかもしれない。福西と南島に祐希の警護を頼んだ。しかも、個人的な理由だ。その責任はある。が、岩屋に言われるまでそれを失念していた。南島から連絡が入ったあと、城之内と祐希のことばかり考えていた。

　思慮がたりない。学習能力はまるでない。つくづくそう思う。

「彼女を襲った連中だが」岩屋が言う。「心あたりはあるか」

「おそらく、郡司組の息のかかったやつらでしょう」

「犯行の動機は、あなたの予期したとおりか」

「ほかは考えられない」

　図らずも悪い予感は現実のものとなった。

　──あの連中なら、あんたの身柄と城之内の命を交換するかもしれん──

　城之内の敵が長谷川から郡司に替わっても、状況は変わらなかった。

　岩屋が口をひらく。

「城之内に報《しら》せたのか」

「祐希が。いま俺もかけたけど、つながらなかった」

「それならケータイで位置情報は取れないな」岩屋がつぶやいた。「郡司のケータイの番号を知っているか」

「いいえ。やつの事務所でガラケーを見たが、どうせ名義が違うでしょう」

「そうだな。よし、城之内を手配しよう」

「保護するのですか」

「それはむりだ」岩屋が声を強めた。「事件の関係者ということで……ただちに身柄を確保するにはそれしか方法がない」

岩屋がちらっと祐希を見た。

祐希の瞳は動かない。どこを見ているのか。なにも目に入らないのか。

とっさにひらめいた。

「あります」

小栗は声を張った。携帯電話を耳にあてる。

「小栗です。お願いがあります」

《なんだ》山路が邪魔くさそうに言う。《面倒はごめんだぜ》

「郡司の所在を調べてください」

《急ぐのか》

「緊急事態です」返事がない。「大至急、お願いします」

《そう怒鳴るな。わかった。やってみる。が、期待するな》

「期待します」

通話を切り、小栗は岩屋に話しかける。

「頼りになる人です。俺は六本木で連絡を待ちます」

「わたしも行く」岩屋が即応した。「事件を未然に防ぐのも職務だ」

言って、岩屋がきびすを返した。処置室には見向きもせずに出入口へむかう。

小栗も続いた。

祐希が追ってくる。

「わたしも連れて行ってください」

「だめだ」

小栗は叱りつけた。祐希に腕をつかまれる。

「お願いです。わたしにできることもあるはずです」

小栗は首をふった。

「連れて行こう」岩屋が言う。「気の済むように。わたしもあなたもそうしている」

「しかし」小栗はあとの言葉をのんだ。祐希を見つめる。「わかった。その代わり、なにがあろうと俺のそばを離れるな」

祐希がこくりと頷いた。

六本木交差点でタクシーを降りた。岩屋はそのまま麻布署にむかった。自分の車を取りに行った。そのほうが対応し易いという。

祐希と喫茶店に入った。入口近くの席に座り、携帯電話をテーブルに置く。山路に電話してすでに十分が過ぎた。

ほどなく岩屋が来た。座るなり、口をひらく。

「連絡はないのか」

「ええ」

「やはり手配するほうがいいんじゃないのか」

「もうすこし待ちましょう」

小栗は穏やかに言った。内心は気が気でない。

岩屋がコーヒーを注文し、煙草を喫いつける。おちつきのない仕種に見えた。岩屋も心中はおなじなのだ。

テーブルの携帯電話がふるえだした。岩屋と祐希が携帯電話を見つめる。

小栗は手に取り、画面を見た。南島からだ。

「どうだった」

《車は恵比寿のマンションの駐車場にあります》

南島を城之内が住むマンションへむかわせた。タクシーに乗って思いついた。車が見あたらなければ麻布署に連絡し、Nシステムでの車の追跡を依頼するつもりだった。

　ふうっと息をぬき、口をひらいた。

「そうか。病院に戻ってくれ」

《探偵の車も調べましょう》南島が勢い込むように言う。《安田の車のナンバーは控えてあります。Nシステムで移動しているかどうか確認します》

「まかせる」

　期待は持てない。城之内が郡司の命を狙うとして、安田と行動するとは思えない。

　岩屋がせわしなく煙草をふかした。祐希は口を結んで窓を見ている。

　小栗は携帯電話で時刻を確認した。喫茶店に入って二十分になる。祐希が城之内に電話をかけて約四十分。城之内も郡司の所在をさがしているだろう。もう郡司に迫っているのではないか。その不安は秒を刻むごとに増している。

　思いだしたように煙草をくわえた。火をつける前に携帯電話がふるえた。煙草をおとした。携帯電話の画面に〈山路〉の文字を見た。

「はい、小栗」

　声が裏返りそうになった。

《郡司は西麻布の料理屋にいる。新山。新しい山だ。長谷川と一緒らしい》

　小栗は手を動かした。手帳に〈西麻布　新山〉と書き、岩屋に見せる。

「護衛はいますか」

《そりゃいるだろう。郡司はいつも二人を連れている。長谷川もおなじ……おい》声音が変わった。《なにがあったんだ》

「恩に着ます」

早口で言い、通話を切った。

岩屋はもうドアにむかっていた。

★

★

城之内は雑居ビルの壁にもたれ、煙草を喫いつけた。心は凪《な》いでいる。自分でも不思議に思うほどだ。祐希から電話があるまではそうではなかった。

郡司を殺《や》ると決意し、探偵の安田に郡司の監視を頼んだあとも葛藤していた。

――つまらぬ意地を張るな――

――ここで退いても恥じゃない――

弱気の虫がしきりにささやいた。

いまはもう聞こえない。

城之内は、歪《いびつ》に抉《えぐ》られた夜空にむかって紫煙を吐いた。風が攫う。

安田が『新山』に入って四十分になる。

その三十分ほど前に連絡があった。

《西麻布の新山という店に入った》

「何人や」

《ひとりで入った。エントランスにひとり。近くの車に二人いる》

「周囲は」

《西麻布交差点の近くの路地を入ったところの角で、静かだ》

何のために監視するのかわかっているような口ぶりだった。

「そっちにむかう」

電話を切ったあと、タクシーで急行した。

安田は外苑西通の路肩に停めた車の中にいた。左側に路地がある。

城之内が助手席に乗るや、安田が口をひらいた。

「その路地を入って、徒歩一分。『新山』はコース料理がメインで、食べおわるのに一時間半はかかるだろう。ケータイのアプリで検索した」

城之内は煙草をくわえた。文句はない。

「ほかに動きはあったか」

「車で乗りつけたやつがいる。たぶん、やくざだ。柄の悪そうな付き添いがいた」

「そいつらも中に入ったんか」

「車に戻った。車を移動させ、マルタイの車のすこし先に停めた」

「おまえは店に行け」ポケットから万札の束を取りだした。三十枚を手渡す。「飯代込や。中の様子をメールで知らせろ。郡司が出るときはワン切りで合図せえ」

「そのあとは」

「三十分ほど店から動くな」

なにか言いたそうな目をしたが、安田は無言で車を出た。

安田が路地に消えてすぐに携帯電話がふるえた。祐希からだった。

《二人組の男に攫われそうになった》

「……」

息が止まりそうになった。頭は冷静だった。祐希の声に切羽詰まった気配はなかった。話しているのだから生きているのは確かだ。

《刑事さんに助けられた》祐希が続けた。《小栗さんが護ってくれていたそうなの》

「皆に感謝せえ」

《うん。いま病院にいる。小栗さんの部下が脚を刺されて》

「どんな塩梅《あんばい》や」

《心配ないって。逆に、励まされた》
「そうか」
《ムッちゃん》
「なんや」
《生きてね。いつか桜の花を見ようね》
城之内は通話を切った。
祐希の声はやさしさに溢《あふ》れていた。祐希の覚悟を感じ取った。やくざどもに襲われ、刑事に助けられた直後のもの言いではなかった。
話をしているうちに心が静かになるのを感じた。

ポケットの携帯電話がふるえ、すぐに止んだ。

煙草をおとし、靴底で踏む。右手を革ジャンの懐に入れた。路地を覗く。

郡司の車からひとりが出てきたところだった。エントランスにいた男と話を始めた。あとひとりか二人は増えるだろう。郡司と食事をしているのは長谷川に違いない。すこし離れた場所に停まる車のナンバーには憶えがある。

人声がした。路上に立つ男らが腰を折る。

城之内は歩きだした。右手は銃把をつかんでいる。

二人の男がエントランスからあらわれた。郡司と長谷川だ。路上の男が車に近づき、後部座席のドアを開ける。

エントランスにいた男が周囲を窺う。目が合った。「あっ」声を発し、郡司の前に立ちふさがる。「てめえ」ドアを開けた男が咆哮した。

城之内は拳銃をぬき、発砲した。狙ったわけではない。

護衛の男らがひるんだ。

郡司が目を見開いた。長谷川は背をむけようとした。

城之内は腰をおとした。両手で銃把を握る。銃声が轟《とどろ》く。

うめき、郡司が膝から崩れる。

長谷川がわめきながら逃げる。前方から男二人が駆けてきた。

「この野郎」

護衛のひとりが突進してきた。

ためらいはない。脚を狙って撃った。男がつんのめるように倒れる。

男の脇腹を蹴りあげ、城之内は郡司に近づいた。

「待て、撃つな」郡司があえぎながら言う。顔は引きつっている。「俺を殺ってどうなる。おまえも殺されるだけだ」

「上等よ。捨てた命や」

城之内は銃口を郡司の顔にむけた。

郡司が両腕で顔を覆う。

「やめろ」声がふるえた。「やめてくれ。おまえの望みどおりに……」

「うるせえ」

一歩、踏みだした。

つぎの瞬間、背中に衝撃が走った。

ふりむき、左手で男の髪をつかむ。銃把を男の額に打ちおろし、顎に膝蹴りを見舞う。

地面に寝そべる男の顔を踏みつけた。

頭がくらくらする。背中が燃えるように熱い。刃物は刺さったままのようだ。

音がした。郡司が這《は》うようにして逃げている。

ふらつきながら近づく。郡司の頭をめがけて引き金を絞った。

★

★

車が路地に入る。

「あそこだ」

岩屋が声を発した。車がゆれ、スピードがあがる。

小栗は、前方に四人の男を見た。全員が地面に倒れている。

「遅かったか」

声が洩れた。

「いや」

祐希が叫んだ。運転席と助手席の間から身を乗りだしている。

タイヤが軋《きし》み、車が停まる。

小栗は飛びだした。

「警察だ」

背後で岩屋の声がした。

路上で大の字になる男の背中に光るものを見た。ドスが突き刺さっている。顔は見えない。革ジャンで城之内とわかる。駆け寄り、立膝をついた。横向きにする。

「ありがとよ」聞き取れないほどの声だ。城之内の右手が動いた。「ここに……」

「ポケットか」

城之内が瞼《まぶた》を動かした。声をだす力も残っていないのか。

小栗は、シャツのポケットをさぐった。ＩＣボイスレコーダーを手にする。

「これか」

返事はなかった。首筋に手をふれた。かすかに脈を感じる。

「ムッちゃん」

崩れるようにして、祐希が両膝をつく。城之内の肩をゆさぶった。

城之内が顔をむけた。くちびるが動いたけれど、声にならない。

「桜を見るの」声を張り、祐希が頭をふる。「死んじゃだめ」

また城之内のくちびるが動いた。こんどはほほえんだように見えた。

「ムッちゃん。越前大野に連れて帰るからね」

やさしい声音になった。

祐希が城之内の頭を撫《な》でた。

ふいに熊野伝説がうかんだ。小栗判官が荷車に乗せられている。

祐希なら城之内を蘇生《そせい》させられるような気がした。

本書は書き下ろし作品です。
登場人物、団体名等、全て架空のものです。

ハルキ文庫

は 3-27

ひたぶる者《もの》 麻布署生活安全課《あざぶしょせいかつあんぜんか》 小栗烈《おぐりあきら》Ⅳ

著者 浜田文人《はまだふみひと》

2017年5月18日第一刷発行

発行者 角川春樹

発行所 株式会社角川春樹事務所
〒102-0074 東京都千代田区九段南2-1-30 イタリア文化会館

電話 03(3263)5247(編集)
03(3263)5881(営業)

印刷・製本 中央精版印刷株式会社

フォーマット・デザイン 芦澤泰偉
表紙イラストレーション 門坂 流

ISBN978-4-7584-4093-6 C0193 ©2017 Fumihito Hamada Printed in Japan
http://www.kadokawaharuki.co.jp/[営業]
fanmail@kadokawaharuki.co.jp[編集] ご意見・ご感想をお寄せください。

浜田文人の本

伝説の「公安捜査」シリーズは、ここから始まった!!

続刊「公安捜査」シリーズ

- 公安捜査Ⅱ 闇の利権
- 公安捜査Ⅲ 北の謀略
- 新公安捜査
- 新公安捜査Ⅱ
- 新公安捜査Ⅲ
- 傾国 公安捜査
- 国脈 公安捜査
- 国姿 公安捜査

Haruki Bunko
ハルキ文庫